かわいい夫

山崎ナオコーラ

装画　みつはしちかこ
装幀　櫻井久（櫻井事務所）

目次

I

Ⅰは西日本新聞に連載したものに加筆し、Ⅱは本書のために書きおろしました。

I

かわいい夫

私の夫はかわいい。

顔がかわいいのではなく、存在がかわいい。ざしきわらしのようだ。

それで、エッセイを書くことにした。

ここまで読んで、いらいらした方がいらっしゃるかもしれない。「夫自慢が始まるのか」「幸せ自慢か」と。しかし、それは杞憂《きゆう》だ。夫の収入は世間一般に比べるとかなり低い。そして、私の容姿は悪い。私の書くものが自慢話と読まれることはまずないだろう。独身の方にも、安心して読んでいただきたい。

ここで、この『かわいい夫』に登場する人物たちの背景を、あらかじめ簡単に記しておきたい。

私の母方の祖父は八幡《やはた》製鉄所で働いていて、祖母は看護師だった。戦争中、祖母が祖父を看病して知り合ったらしい。五人兄妹の二番目が母だ。

母は福岡県の小倉《こくら》で生まれ育った。電機会社に勤め、三十歳を過ぎた頃に、知り合いから紹介されて、父と出会った。

父は埼玉県の浦和《うらわ》（現さいたま市）で生まれ育ち、東京で銀行員となり、福岡の支店へ転勤してきた。

父と母は結婚を決め、小倉の団地に住み、母は専業主婦になった。一年後に私が生まれた。母が三十二歳、父が三十五歳のときだった。半年ほどすると、父はまた東京の支店へ転勤になり、家族で引っ越した。父は浦和で家を建て、妹が生まれた。

私は大卒後、会社員をしながら小説を書き、二十六歳で作家としてデビューし、文学に一生を捧げることにした。三十三歳で結婚し、このエッセイを書き始めている現在、三十五歳だ。

夫は東京都で生まれ育ち、高卒後に声優を目指したり印刷業をしたり旅をしたり転々としたあと、二十七歳で「町の本屋さん」で書店員となり、書店の仕事を天職と思うようになった。「書店まわり」（新刊を出した際、書店さんへご挨拶に作家が伺うもの）で店を訪れた私と出会い、数年後、私が書店を舞台にした小説を執筆することになり、その取材をさせてもらったのがきっかけで仲良くなり、三十四歳で結婚した。私より一歳年上で現在、三十六歳だ。

私は、夫に高収入も頼りがいも求めていない。また、私は自分が美人だったら良かったのになんて思っていない。それぞれの美点は他にあると考えている。

私のプライベートに興味のある読者などいないだろうが、なんとか文章力で面白くなるように努めたい。

夫の良さが減る

夫には、良いところがたくさんある。その中のひとつが、魚の焼き方だった。

ガスコンロに内蔵されている魚焼き器に魚を入れ、片膝をついてしゃがみ、じっと魚を見詰《みつ》める。魚は炎を上から浴びる。一度しかひっくり返さずに済むよう、真剣にタイミングを見計らう。何度もひっくり返すと脂が落ちて不味《まず》くなるらしい。絶妙な時間でサッと返し、焼き過ぎないところでスッと皿に盛る。おいしいからというよりも、姿が面白かったから、私は夫が魚を焼くのが楽しみだった。背の高い男が片膝をついて真顔になっている様は滑稽《こっけい》だ。ゴルファーが芝を読んでいるときの格好に似ている。目つきもそういうものだった。夫の真面目《まじめ》な顔を見る機会は滅多《めった》にないので、愉快だった。

二カ月ほど前、私の収入が減ってきたので、気に入っていた賃貸マンションを出ることにした。前の部屋は、内装が古く、風呂に追い焚《おだ》き機能もないような設備の悪いところだったが、人気の街にある、駅近の物件だったので、家賃が結構高かった。そこで、自然がいっぱいの土地の、駅からかなり歩かなくてはならないマンションに新しい住処《すみか》を定めた。家賃を大幅に下げることを自分があまりみじめに感じずに済むよう、場所が不便になっても室内のグレードは上がるようにしよう、と考えた。

するとキッチンに備え付けのガスコンロの、魚焼き器が両面焼きになった。引っ越した日、ガス屋さんが訪れ、

「これは、九分間を勝手に計ってくれる魚焼き器です。大抵の魚は九分で焼けます。途中で蓋《ふた》を開けると中の温度が下がってしまうので、魚を入れたらそのまま放置し、ピピッと鳴ったら取り出す、というだけにしてください」

と説明してくれた。ひっくり返すことも、見詰めることも、必要なくなったのだ。夫はもう、ゴルファーではない。便利にはなったが、夫の魅力がひとつ減ったなあ、と私は感じた。

夫の良さって他に何があるだろう、と考える。優しい、真面目、といったところか。だが、具体的なものを挙《あ》げるのは難しい。具体的とはどういうものかというと、人に伝わる良さというか、社会の中で効力を発揮する長所のことだ。

世間ではよく、結婚した者同士のことを「パートナー」と表現する。それぞれの長所を活《い》かして苦難を乗り越え、人生を切り開こう、と説かれる。だが、私たちの場合はそうではない気がする。その証拠に、私は独身のときの方が、人生を切り開き易かった。

「パートナー」という捉え方には、それぞれが相手より秀でている部分を持つ、という考えが根底にあるようだ。私と夫を、抽象的に比べると、夫の方が圧倒的に良い。温かく、他人の悪口を決して言わず、純粋だ。対して、私は意地悪で、気分屋で、他人を斜めから見る。だが、具体的な部分では、夫に負けていると感じる箇所がひとつもない。
まず、オセロが私の方が強い。将棋にいたっては、夫はできない。夫は羽生《はぶ》さんのファンらしく将棋の本をよく読んでいるのだが、よくよく聞くと、ルールを知らないという。また、ウノも私の方が強かった。ウノというのはトランプに似たカードゲームで、運によって勝敗が決まることが多い。しかし、私の勝率の方が断然に高かった。台湾に旅行したときに夜店でゲームをしたのだが、輪投げも射的も私の方が上手かった。私は消しゴムやミニ置物を手に入れ、夫は何も取れなかった。結婚前のデートでボートに乗ったときは、櫂《かい》の扱いが私の方がかなり良かった。夫が漕《こ》ぐと、舟はまったく進まなかった。

本棚の組み立て、料理の手際、社会情勢の認識、切符手配、地図の読み方、すべて私の方が勝っている。二人分の組み立てや手配をし、夫の予測不能な失敗のフォローもするのだから、人生はたいへんになった。私は、結婚相手の力を得て社会に交わってはいない気がする。家事力も経済力も相手に求めていない。しかし、全然後悔していないということは、私たちの場合は何か違うところに結婚の意味を見つけたのだろう。夫の良さは、「勝ち負けのない世界を作れる」というものかもしれない。それも、抽象的なものだが……。

まあ、あきらめるか

現時点では、大黒柱は私だ。それを夫も私も、恥ずかしいことだと感じていない。現代では夫より妻の稼ぎが良い夫婦がたくさんいて、よくプライドの問題が取り沙汰《とざた》されると聞く。だが、私たちの場合は、夫がそういうところにプライドを持っていないということもあるし、収入差は私の年収が夫の倍とか数倍とかで競うような感じではないので、自分たちの間ではプライドはまったく問題になっていない。

だが、対外的な場面ではもやもやしてしまう。もちろん普段は家計についておおっぴらにしていないのだが、なんとなく周囲に伝わるのか、友人から、「これから、もっと旦那さんのお給料が上がっていくといいね」と言われることがある。いや、いや、これでいいんです、夫は自分の仕事に誇りを持っているし、経済に関してはうちの場合は私がやりくりします、夫は家計のために働いているのではないのです、と私は心の内で思い、だが、「ははは」と笑うだけで、その場を濁《にご》してしまう。

実は私は、むしろ自慢の気持ちがあったので、がっかりしてしまっている。「奥さん、甲斐性《かいしょう》あるねえ。旦那さん、お幸せね」という科白《せりふ》を期待していたばかな私はしょんぼりするのだ。他の人たちの雑談においては、「妻は、収入は低いがかわいい。オレが大黒柱だから大丈夫。妻にはにこにこしていて欲しい」という科白が愚痴《ぐち》ではなくのろけと受け取られるようなのに、私が、「夫は、収入は低いがかわいい。私が大黒柱だから大丈夫。夫にはにこにこしていて欲しい」と言うと、私の会話術のなさのせいかもしれないが、愚痴と捉えられ、慰《なぐさ》められてしまう。そのあと、「ああ、旦那さんは年下なんですね」と返されることもある。「いいえ、夫は年上です」と首を振る。するとと、「はあ」と妙な顔をされる。年上の夫を「かわいい」と表現したのをそぐわないと判断されたのか。しかし、年上の奥さんのことを「かわいい」と表している人はむしろ世間で評価されているようなのになあ、と思ってしまう。

まあ、自分たちの認識通りに周囲から見てもらえる夫婦など滅多にいない。私たちのような組み合わせは世間において「可哀相《かわいそう》な夫婦」に見られがちなんだなあ、とがっかりするが、あきらめるしかない。

ファン

銀座の歌舞伎座に、歌舞伎を観《み》にいってきた。

私は不安だった。夫が寝るのではないか、と予想したからだ。これまでも、クラシックコンサートやオペラで眠っていた。夫は歌舞伎が初めてだそうで、ストーリーの予習もしておらず、それなのに午前中から四時間観るのだから、どうだろうか。しかし、イヤホンガイドがある。

私は美術館では、イヤホンガイドを聞いたことがない。自由に作品を見たいということもあるが、主な理由は周りの人から「あいつ、美術初心者だ」と思われたくないからだ。そして、旅先では、できるだけガイドブックを広げない。自分の意志で歩きたいということもあるが、擦《す》れ違《ちが》う人から「旅行者だ」と思われたくないのだ。

そんな自意識過剰な私だが、歌舞伎のイヤホンガイドだけは妙に好きで、周囲の目がどうであろうと、これだけは聞く。

イヤホンガイドは、観劇の最中に解説を入れてくれる。絶妙なタイミングで話を入れてくるので、おそらく解説者はどこかで一緒に観劇しているのだろう。歌舞伎座は、昼の部は四演目、夜の部は三演目あることが多く、舞台ごとに声が変わる。アナウンサーのような声ではなく、話が上手いというよりも歌舞伎に造詣《ぞうけい》が深いことが窺《うかが》える声だ。個性のある声で、話の内容も、ある人は説明に徹し、ある人は「ま、恋ってのはこういうもんなんでしょうねえ」といった主観も交え、それぞれ良さがある。

「この、イヤホンガイドの人のファンっていうお客さんもいるんじゃないの？　これも、立派な芸だよね。型のある、歌舞伎とか落語とかっていう芸術は、革新的なことをやって、攻めの姿勢で現代に残していくんだねえ」

夫は一睡もせずに舞台に見入り、最後に言った。確かに、歴史のある芸能を、現代、そして未来に残していく人は、守ってそのままやるというのではなく、攻めの姿勢を見せる。夫の言葉を聞いて、まだ少しだけ残っていた、機械を耳に入れて観劇することの後ろめたさが、すっかりなくなった。

弁当

毎日ではないが、ときどき夫に弁当を作る。

夜に、いろいろ仕込む。炊飯器のタイマーをセットし、野菜を切ってタッパーに入れ、日持ちしそうな料理なら作ってしまっておく。

朝起きて、おかず三品とスープを並行して用意する。時間と空間のパズルのようだ。「この時間とこの時間の隙間《すきま》にあれをやって……。おかずは三品入れるから、あれとあれとあれ……」と頭の中で組み合わせていくと楽しくなってくる。

夫の弁当を作るのはなんのためか。子どもの弁当ならなんとなくわかる。だが、夫のとなると、どうしても作らなければならない性質のものではない。

人によって、「節約のため」「外に出て稼いできてくれる夫への感謝を表すため」「健康のため」などの理由があるだろう。私も、最初は、「節約しよう」と考えて弁当作りを始めた。

だが、実際には、弁当はそこまで節約に繋《つな》がっておらず、その時間に私が仕事をして稼いだ方が家計としてはプラスになる。

そして、私は家で仕事をしているが、収入という面だけで見れば外で働いている夫よりも稼いでいるので、夫の稼ぎに感謝をする、というのは違うと思う。

健康を考えて、というのはある。

でも、やっぱり、夫の「書店員という仕事」を尊敬しているから、というのが一番の理由ではないかと思う。

書店員としての夫の仕事を私が支えよう、とは思わない。夫の仕事は夫や同僚の方のもので、私のものではない。

また、稼いでくれるかどうか、というところは私の問題ではない。

仕事というのは誰かのためにするものではない気がする。結婚当初、「私が大黒柱だから、これからはもっと稼ごう」と思った。しかし、そうすると上手く書けなくなった。やはり、夫や子どものために仕事をしてはいけないのだ。自分が社会参加したいからやる。その結果、お金をもらえて家族で暮らせるのはありがたい。でも、養うことを目的に仕事をするというのは本末転倒だ。

夫にも、「妻子のために、もっと稼ごう」なんて思って欲しくない。自分の仕事が社会的意義のあるものだと信じて、社会や自分のためにやってもらいたい。そういう思いを、私は弁当箱に詰めたい。

資格や賞状

私の父は資格をたくさん持っている。宅建や社会保険労務士など、リビングルームの壁にずらりと合格証書が並んでいる。その横に、私が作家デビューしたときに受賞した、新人賞の賞状も飾ってある。

父と母と私と夫とで、実家で食事をしていたとき、

「尊敬してるんだってよ」

私が夫の弁を父へ伝えると、

「高卒の星です」

と夫が言うので、笑ってしまった。私の夫は高校卒業の資格までだ。そのせいか、大学の話があまり好きではないようだな、とうすうす感じていた。私が大学時代の思い出話をすると、聞いている夫の表情が曇《くも》って見えることがあったため、大学に関してあまり話さないようになっていた。

父や母の時代は、経済的な理由で進学を断念する人が多かったらしい。父も母もそ

う理由で高卒後に就職を選んだようだったが、それぞれにやはり何かしらの思いがあるようで、ときおりその劣等感や優越感のひだひだを感じることがあった。父が資格を取りたがるのは、学歴コンプレックスによるものではないかと私は勝手に想像していた。

私が子どもだった頃、父は参考書を広げるためにひとり、喫茶店へ出かけることがあった。ごくたまに私も一緒に連れていってもらい、向かいでジュースを飲みながら宿題などをしたのだが、大人っぽい雰囲気の店に馴染《なじ》めないし、黙ってノートと長時間にらめっこするのはつらかった。「一緒に行く」と言っていたのは、たんに父と出かけたかっただけなのだろうなあ、と今になっては思う。

私はデビューのための賞の他は、作家生活十年間、文学賞をひとつも受賞していない。賞の候補に挙がることだけは何度もあったので、周りの人をたくさんがっかりさせてきた。

「私、文学賞には縁がないみたい。だから、『源氏物語』の現代語訳とか、著作の外国語への翻訳の夢とか、ライフワークを見つけてやっていこうと思う」

「いいんだよ、それで」

と父が言った。私は勝手に、「父は資格重視の人だから、私の状況を良く思っていないのでは」と予想していた。でも、違った。夫のことも、高卒とか資格がないとか、そんな目で一度も見てこない。「いい人だ」といつも言う。父が、資格勉強に熱心だった意味が、やっとわかってきた気がする。本当に勉強が好きで、自分の誇りのためだけにしていたのだ。

梅かな桜かな

「梅かな、桜かな」

　このひと月の間に、何度もこの科白を繰り返した。

　夫と散歩しながら、

「あ、あそこに花がある」

　と、東京に大雪が降った二月に流産してから、ほんの小さな春のおとずれの発見でも嬉しく、茶色や白しかない風景のなかに、ぽつん、ぽつん、とピンクや黄色が見えると、どんなに小さな点でも指摘してきた。

　しかし、何よりも桜が待ち遠しく、ソメイヨシノが咲いたら何もかもが始まるような気がして、淡いピンクが木の先に群がっているのが見えたら、

「梅かな、桜かな」

　と勇んで言った。梅よりは、桜が良いなあ、という気持ちの科白で、でも、まあ、

本当に確認したいわけでもないのだ。

「うーん、まだ梅かなあ」

と答える夫も、おそらく私の科白のニュアンスは受け取っていて、真面目に観察するでもなく、ただ、「しかし、春だね」という顔をする。

春も深まり、ここのところ、私は埼玉の実家によく帰っていて、母と、父のための買い物で病院の近くを歩いているときも、

「梅かな、桜かな」

と指さした。これも、まあ、別にどっちでも良いのだけども、もうすぐ素敵な季節だね、これからどんどん良くなるね、ということが言いたかっただけだ。

「桜かもね」

母はちょっと顔を上げる。春だね、だとか、良い季節だね、だとかは気恥ずかしくて言えず、私は大概《たいがい》、本当に聞きたいわけではない質問を作っては、会話を進める。

病を患《わずら》い入院していた父が仮退院したので、病院から家までタクシーで移動しながら、

「あれは梅かな、桜かな」

と車窓をあちこち指さすと、

「まあ、梅だろうね」

父はちょっと目を上げて言った。

数日後、

「良かったねえ、あの日は晴れて」

と雨に降り込められた部屋の中で言うと、

「梅が見えたからね」

と父が言うので、ああ、良かった、と思った。

この世に、梅と桜という木があって、それが少し時期をずらして咲いてくれるおかげで、この科白を言い合うことが可能になっている。良かった。

孫に会いたい

母が、

「昨日、『拉致《らち》問題で、子どもを奪われて、ずっと子どもにも孫にも会えなかったという人が、とうとう孫に会った』というニュースがテレビで流れていたけれど、孫に会うより、子どもに会った方が断然嬉しいに決まっているよ。孫になんて会っても、まったく嬉しくないに決まっているね。子どもに会ったらわんわん泣くだろうけど、孫では泣くわけがないねえ」

というようなことを、えんえんと喋《しゃべ》るので、なんでこんなことを言うのだろうといぶかしみながら、私は、

「あの方は、本当はずっと孫に会いたかったんだけど、それで拉致問題が収束してしまって他の被害者に迷惑をかけたら申し訳ないと我慢していて、でも自分たちの年齢が上がってきて、会わずじまいだと後悔するかもしれないから、と熟考して、やっと孫と会ったんだよ。嬉しいに決まっているよ。そんなこと言うの、失礼じゃないの」

まともに返した。

しかし、次の日に自分のマンションでひとり、皿洗いをしていて、手を水に浸していたら、気がついた。

その前日に、「そのうちに、お父さんとお母さんに孫に会わせるからね」と私が父と母に向かって言ったのを、母が気にしていたのではないか、と、ふと思い当たったのだ。

無邪気な母のことだから、深い考えがあったり、これを話そうと準備したりして、そのニュースに関するお喋りをしたとは思えないのだが、私のその科白が頭にひっかかっていたからこそ、「孫になんて会いたくない。子どもに会いたい」という過激な言葉が出てきたのに違いない。どう考えても、私をなぐさめるため、流産した私をいたわるために、そのわけのわからない、他人が聞いたら変に感じるような科白を、長と言ってくれたのだ。それなのに、まともな返しをした私。まぬけだ、と思った。

帰ってきた夫に、そう話すと、

「きっと、そうだよ。お母さん、なお（私）のことを思って、そう言ったんだよ。もっと、会いに行こう」

と夫は言い、何度も私を連れ、埼玉にある実家に帰ってくれる。父も母も、孫に会いたいに決まっている。誰もが孫には会いたいに決まっている。でも、「孫になんて会いたくない」という、わけのわからない科白も言うのが親なのだろう。

手すり

「父のために、私の実家に手すりを付けたい」と言ったら、夫が、早番のときは夜に、遅番のときは朝に、実家に来て、作業をしてくれるようになった。私たちのマンションから私の実家までは電車で二時間ほどかかるので、よくやってくれるな、と思う。のこぎりで棒をぎこぎこ切り、プラスドライバーでぐりぐり金具を止め、壁に取り付ける。

手すりを作り始めてから、街を歩くと、これまでとは違った景色が見えるようになった。急に自分のフットワークが軽くなったり、あるいはやけに自分の嫌な面が目についたりする。

駅の階段の手すりにつかまりながら、大きなかばんを運ぶ高齢の女性に、

「これ、お持ちしましょうか？　上まで」

と荷物を階段の上まで運んだ。

タクシーの運転手さんが老齢の方でナビが使えず、なかなか行きたいところが通じず、違うところに行ってしまい、ついきつい口調で責めてしまったときに、ああ、と反省した。

この人も、誰かのお母さんなのだ。この人も、誰かのお父さんなのだ。

これまでは、こんな風には思っていなかった。最近の駅の階段の手すりはうねうねしていて変だなあ、手すりなんてそんなに重要なものでもないのにJRは金かけてどんどん改装するなあ、と思っていた。タクシーに乗ったら、あくまで運転手さんは「プロの運転手さん」だった。誰かにとって大切な人、ということは想像していなかった。お金を払っているんだから、ちゃんと仕事をしてくれないと困る、としか考えなかった。

プロとかアマとか、どちらがお金を払っているとかは、どうでもいいのかもしれないなあ、この社会を一緒に作っている人、というだけで関わればいいのかも。そんな風に考える。でもきっと、これからも私は、困っている人に対し見て見ぬ振りで済ませたり、クレームをつけてしまったりすることがあるだろう。いきなり聖人君子にはなれぬ。

手すりはまだ完成していない。もっと簡単に取り付けられる手すりもあったのかもしれない。でも、作る作業ができて良かった。この手すりは父母のためではなく、私のための手すりだったのだろう。

名前

「山崎ナオコーラ」というのは、もちろんペンネームなのだが、「山崎」という苗字は旧姓の本名そのままだ。

結婚を決めたとき、夫は自分が私の姓に変えようと言ってくれたのだが、夫の姓はめずらしいものだったので、「かわいい名前になるから」という理由のみで夫に合わせて私が姓を変えた。

結婚で姓を変更した多くの人がそうだろうと思うのだが、私も、完全に旧姓と離れた感じはしない。仕事のおつき合いがある方からは当然山崎さんと呼ばれるし、旧姓に馴染んでいる方からも山崎さんと声をかけられる。変えた、というよりも、苗字が二つになったという感覚でいる。

実家の父や母や妹に電話するときも、山崎です、と言っている。

「もしもし、山崎ですけど」と電話をかけると、「こちらも山崎です」と父や母や妹が答えるのが長年の習慣で、下の名前で言うのは恥ずかしく、そのままやっている。

まあ、諧謔《かいぎゃく》だ。

名前なんて、ただの距離感だ。

良い具合の距離が作れる呼び方だったら、正しいか正しくないか、戸籍と同じか違うか、なんて野暮《やぼ》なことは考えなくて構わない、と私は思う。その場に共にいる者同士のセンスでがんがん自由に使っていきたい。

夫は私のことを普段は、「なお」と呼んでいるが、義父や義母や、私の父や母の前で使う三人称としては、「なおこさん」を使用し、友人の前で私に話しかける際は、「なおさん」と言う。

名前の呼び方をカジュアルにすることで、相手との距離を縮めることができる。そしてその縮めたことを別の人に見せるのが気恥ずかしいときには、また少し丁寧な呼び方に戻して、なんとか乗り切る。

ちなみに、私は夫のことを、「かみ」と呼んでいる。理由は、神様に似ているからだ。

これは、人前では到底呼べないので、二人でいるときにだけ使用している。

ジューイ

私と夫の間で、結婚以来ずっと流行《はや》っている、「ジューイ」という遊びがある。これは、二人で考え出したゲームだ。

「ジューイ」とは「十位」の意で、お互いの心の中にあるランキングを、十位から順番に、交互に発表していき、最終的に一位を言い合う。

たとえば、「好きな寿司ねたジューイ」をやるとすると、

「じゃあ、十位、玉子」

と私が言い、

「そしたら、僕の十位はタコ」

と夫が言って、

「それじゃあ、私の九位は……」

と続けていく。そして最後に、

「一位は、コハダ」

と私が言い放ち、

「一位は、エンガワ」

と夫が締める。

こういうものなので、勝負は付かないことが多いのだが、ごくたまに、十個も思いつかないもの（たとえば、「好きな携帯電話会社ジューイ」など）をお題にした場合に、どちらかが言い淀《よど》んでしまうことがあり、「じゃ、負けだね」となる。

くだらないゲームだが、移動の際の手持ち無沙汰《ぶさた》な時間に役立つ。電車の中で小声で言い合っていると、立ったまま三十分揺られても、苦しさを感じない。

ただ、ちょっとつらいのは、「一度口に出したら、二度と言い直しができない」というルールがあることだ。たとえば、「好きな映画ジューイ」をしたとして、本当は『リトル・ミス・サンシャイン』が一番好きなのに、途中で思いつかなくなってきて、「うー、もうここで出してしまおう、三位は、『リトル・ミス・サンシャイン』」と言ってしまうと、最後に苦し紛《まぎ》れに「うーん、うーん……、仕方ない、一位は、『シンデレラ』」などと意に反することを言わざるを得なくなってしまい、屈辱だ。

しかも、「言い直しができない」というのは、一生のことなのだ。二人が婚姻《こんいん》関係にある間は、私は夫から、「寿司はコハダを最も好み、映画は『シンデレラ』が一番好きな人」と見られ続け、「コハダが好きなんだよね」とコハダを渡されたときは、必ず食べなければならない。

そのため、私たちはかなり真剣な思いで、このジューイに取り組んでいる。

ノマド

私は今、父の目の前でこの文章を書いている。

実家のダイニングテーブルにラップトップパソコンを載せ、ひと文字ひと文字打っている。父の首のまわりと足だけ拭《ふ》いてあげて、庭に咲いていたレンギョウの黄色い花を切ってきて花瓶に挿《さ》して置き、五分前に、パソコンを開いたところだ。

手元の辞書をめくると、「ノマド」とは、遊牧民、放浪者という意味で載っている。だが、現代日本では、特定の仕事場を持たずに移動しながら仕事をしている人のことを呼ぶ言葉として定着し始めているようだ。

私はIT関係には疎《うと》く、メールも苦手で、インターネットもパソコンもあまり使いこなしていないのだが、今の自分は「ノマド」というものに近いなあ、と感じる。特別に仕事場というものを持たず、自宅のダイニングか、実家のダイニングか、あるいは街中のカフェなどで仕事をし、ふんわりと社会と繋がっている。

しかし、思えばデビュー前も、会社勤めをしながら、通勤電車の中で立ったままノートに小説を書き付け、家に帰ったらそれをパソコンに打ち込み、印刷したものを持って翌朝電車の中で赤字を入れ……、と隙間時間に作業をしながら小説を制作していた。でき上がったものを応募し、二回落選し、三回目でやっと賞をもらって作家になったのだった。

その頃も、作業をする時間が少ない、とは感じていたものの、「会社にいる時間も、私は私のままで過ごしているのだから、私の時間なんだなあ」「頭の中のすべてを誰かに捧げるということはあり得ない。誰かのために使っているように思えても、私の頭は常に私のものなんだなあ」というのを考えた。

今日は書店員の夫の休日なのだが、夫も何やら書店で配るフリーペーパーの原稿を書く仕事があるらしく、マンションでパソコンと向かい合っているようだ。私は、自分の実家で仕事なので、離れて過ごしている。だが、今はメールというものがあるので、画像を送ってもらえば家の具合も見られるし、電話もできる。頭の中では、会える。

体がどこにあろうとも、頭は自分のものだから、仕事もできるし、夫にも会えるんだなあ。

ざしきわらし夫

結婚式の準備をしている最中に、

「自分の貯金額は四十万円だと思っていたけれど、通帳をよく見たら桁《けた》が違っていて、四万円だった」

と夫から聞いたときは、体中の力が抜け、へなへなと床に座り込んだ。もともと夫の仕事のたいへんさは知っていたので貯金をあてにするつもりはまったくなく、お互い三十路《みそじ》を越えていたのでもちろん親からの援助など一切受ける気もなく、私がひとりで結婚資金のすべてを出すと決めていたし、これからもっと稼いでなんでも払ってやると気張っていたのだが、しかし、四万円を四十万円と思う夫というのは、はたから聞いたら面白いだろうが、つまりは稼ぐだけでなく人生設計も妻が立てなければならないというわけで、私の責任や負担はかなり重くなる、と感じた。それぞれの両親のこれからも、私がひとりで支えるのだ、と思った。

この時点で結婚式を取り止めれば良かったのだが、すでにご依頼やご招待をしている方もいらしたため、ここで止めるのは大変だと感じ、結局やってしまった。その式で私の貯金はほとんど使い果たした。

この先どうなるのだろう、と結婚式のあとは不安でたまらず、夜中にはっと目が覚めて金のことが頭に浮かんでくることが度々あったが、だんだんとその「不安」にも慣れてきた。

夫の方は、なぜか不安を感じないらしく、のほほんと生活している。

その顔を見ていると、もう、この「のほほん」というのを活用する他はないと考えるようになった。夫は神様のようだ、と前に書いたが、私が思っているのは、ざしきわらしのような神のことだ（とはいえ、ざしきわらしについて私は詳しくないので、もしかするとそれは神ではなく、妖怪のようなものなのかもしれないが）。

家にいてくれる、という一点のみで感謝をし、その存在を大事にしていると、だんだんと家が富んでくる、という、ざしきわらしと似たようなことになりはしないか。垂れ眉で垂れ目の夫の顔を見ていると、本当にそういうことになりそうな予感もしてくる。

仏様に手

先日のお彼岸《ひがん》に、久しぶりにお墓参りに出かけた。私の実家の近くにある、小さなお寺に、父方のお墓がある。子どもの頃は親に連れられて、お花やお線香をあげた。また、正月には、初詣《はつもうで》に毎年訪れた。

しかし、大人になってからは仕事にかまけ、足が向かなくなっていた。この馴染み深い寺に来るのは数年ぶりで、結婚してからは初めてだ。

夫が一緒に行ってくれるというのでとても嬉しく、しかし父親も誘いたいが来てくれるかどうか、と悩んだ。父親は歩くのが億劫《おっくう》になっていて、なかなか出かけてくれない。私から誘うと難しいのではないかと思い、当日の朝に、夫から電話で誘ってもらうと、「行く」と返事をくれたので、勇んで夫と一緒に実家へ迎えに行った。普段は歩いていくのだが、ちょっと贅沢《ぜいたく》にタクシーを使って寺へ向かう。それでも、父は疲れてしまったようで、「お墓まではいけないので、このベンチで待っている」と言う。

それならば、と私も一緒にベンチに腰掛け、待つことにする。お墓にお線香をあげるのは、母と夫に任せてしまった。まだ母と慣れていない夫は面食らっただろうが、二人でお線香を買い、お墓に行ってくれた。

父は痩《や》せてしまったので、ベンチに座っているだけでも痛い、と言う。私は、ちゃんと私のマンションにあった具合の良い座布団を持ってきていたのに、実家に迎えに行ったときに荷物を玄関に置いてタクシーに乗ってきてしまったことを悔やむ。

しばらくすると、母と夫が戻ってきたので、仏様にもお参りしようか、と三人で階段を上って、お賽銭《さいせん》を投げて手を合わせた。上から見下ろすと、父はベンチで携帯電話をいじり、仕事のメールをしている。

また戻り、帰るために肩を貸しながら歩く途中、

「お父さん、じゃ、ここから拝んだら」

と言うと、父がサッと片手を上げて、まるで友人に対する挨拶のような拝み方をしたので、私は笑ってしまった。私の記憶の中では信心深かったはずの父が、こんなふうに拝むようになったか、と笑いが止まらなかった。

見送り

手は三回振る。

夫と言葉で確認し合ったことはないが、いつもそうやっている。

「行ってらっしゃい」

「行ってきます」

と言い合い、一度目の手を振る。しばらくすると、夫が振り返るので、再び手を振る。また時間が経つと振り返るので、三度目の手を振る。

私は自宅で仕事をしているので、外での仕事へ出かける夫を見送る立場になることが多い。そういうときに、もう帰ってこないということもあるのかなあ、と戦争に行かせるわけでもないのに、つい想像してしまう。最後の顔を覚えておかないと、相手にも自分の顔を覚えさせないと、なんてことを思いながら、手を振っている。

引っ越す前は、夫の勤務先の書店まで歩いて五分のところに住んでいたので、夫の遅番の日は、私は散歩がてら、書店のある商店街に渡る横断歩道の手前まで、送っていっていた。店の前まで行くとさすがにきまり悪いだろうと遠慮し、その横断歩道は渡るまい、と我慢していた。

昼の日差しを受けて光る横断歩道の白さの前で眩《まぶ》しさに圧倒されながら手を振り、渡ったあとにまた手を振り、商店街に消えて行くところでもう一回手を振る。最後は雑踏の中なので、夫は高く手を上げる。

これが習慣になり、たとえばお互いに別の用事があって、駅のプラットホームで逆方向の電車に乗るときなども、先にどちらかの電車が来たら、プラットホームで一回目、電車に乗って二回目、電車が走り出して三回目の手を振る。

ときどき、他の人たちが手を振り合っている光景を目にすることがあるが、多くの人がやはり、三回を目安に手を振り合っているようだ。

ごくたまに、さっと手を上げたあと、クールにすたすたと去っていくような人を見ると、それもいいなあ、と憧れる。潔《いさぎよ》いというか、肝が据《す》わっているというか、別れとはこういうものさ、という風が吹いている。

だが、やはり人間の素直な心として別れ際は名残惜《なごりお》しく、何度か振りたくなってしまうものなのではないか。

なんだか、あんまり格好良くはないなあ、と思いながら、私はこれからも、別れのときは三度手を振っていくと思う。

瓶を開ける

私は背は低いが体格は結構良いので、力がある。

だが、夫の良さを活かすために、高いところにある物を取ることと、重い物を持つことと、固い瓶の蓋を開けることは、できるだけ夫に譲ろうと考えている。

よく、若くて華奢《きゃしゃ》な女性が、「わあ、力持ちですごいねえ」と恋人を立てているのを見かけるが、それと同じようなことをしている三十過ぎの頑丈な自分のことを、自分でも気持ちが悪いと感じる。しかし、実際にこのようにして過ごしている方が、お互いに気持ち良く生活できるようなので、さすがに科白にはギャルじみた甘い言葉を交ぜないものの、この方法を採用している。

パスタのソースを作ろうとしていたとき、トマトピューレの入った瓶の蓋が固いものだから、良い機会だと思い、入浴中の夫のところへ行き、

「ちょっと、いい」

とガラス扉を少し開いて瓶をにゅっと差し出し、

「これを開けて」

と頼むと、

「タオル持って来て」

と夫は嬉しそうな声ですぐに応じる。もしも自分だったら、シャワー中に瓶を持って来られたら不快に感じるに違いないのだが、おそらく夫は逆であろう、と読んだ。果たして、風呂から上がってきた夫は、「役に立てた」という満足気な顔をしていた。

また、先日、諸事情で私が数日間、私の実家に帰っていた際、障子の張り替えや網戸の張り替えをやる、と決め、段取りを組み、必要な買い物を済ませたのだが、夫が早番の日に何度か手伝いに来てくれることになったので、障子を運んだり、網戸を運んだりという力仕事は、遠慮して残しておいた。母まで、

「あんまり自分たちで仕事をしちゃうと、来てくれたときに仕事がなくなっちゃって悪いものね」

とわけのわからない遠慮をし始めたので可笑《おか》しかった。だが、結局は待ちきれず、障子の張り替えはすべて私がやってしまい、

「あのう、私がやっちゃったの」

とこれまた変な恐縮をすることになってしまった。

こういう、おかしな遠慮もちょっと面白くて良いなあ、と思う。基本、人間は仕事をしたいものだ。

流産のこと

今回は、批判を受ける覚悟で書く。

今日、電車の座席で揺られていたら、赤ちゃんを抱っこした女性が乗ってきたので、咄嗟《とっさ》に立ち上がり、「座りませんか」とお尋ねしたところ、「次で降りますので大丈夫です」とにこやかにお断りされた。そこですごすご引き下がり、座り直しながら、ふと、「そういえば、赤ちゃんを抱いている人や妊婦さんを見て、私はつらいと感じていないなあ」と気がついた。

こういうことを書いても、「え？　そりゃあ、そうでしょ」と思う方がほとんどだろうが、私は二カ月前に流産した際、ひどく悲しくて、インターネットや本で、いろいろな人の体験談を読んだり、同じ経験をした人たちが相談し合っている場を覗《のぞ》いたりして、どうやら流産のあとは、「子ども連れの女性や、妊婦さんを見るのがつらくなる」「子持ちの友人に会うのが億劫になる」「子ども自慢をする芸能人が苦手になる」

といった方が、かなり多いことを知った。そこで、自分もそうなるのかなあ、と思っていた。しかし、自分の場合は、そういうのが一切なかった。街で妊婦さんを見かけると「かわいらしいなあ」とそれぞれの個性を眺めるし、芸能人の育児ブログは相変わらず覗いて楽しんでいる。

いや、これは、私の考え方を良いものだとして主張したい訳ではないのだ。私は元来、勝ち負けにうるさい人間で、嫉妬深い。ただ、私の場合は容姿が悪かったり、女性らしい性格の長所を持っていなかったりするので、「私も女性なのに」といった気負いや、「同じ女性なのにどうして私だけ」といった感情が湧き難《にく》くなっているのだ。他の女性と自分が入れ替わることができる立場だと思えない。

それと、私が調べた限りでは、「流産の話は、同じ経験をした者同士の他には、話さない方が良い」「隠した方が良い」という考えが主流らしい。私はこれにも反発を覚えた。確かに、流産がどのようなものかを知らない方に話すとき、少し傷つくことがある。でも、私はそれでも、話したいと思った。わかってもらい難いことだからこそ、話したい。「自分と同じタイプか」「自分と同じ経験をしているか」と相手を判断してコミュニケーションの仕方を変えるというのが私には合っていないのだと思う。

謝りたくない

今回も、批判を受ける覚悟で書く。

妊娠がわかって、うきうきと妊婦としての心得《こころえ》を調べ、出産準備を早々と始め、まだ二カ月なのに産着《うぶぎ》まで買ってしまった私が、流産の宣告を受けたときは、かなり落ち込んだ。これまで安穏《あんのん》と生きてきて大変な経験をほとんどしてこなかった私だったので、「人生で一番悲しい」と感じ、病院を出て、家に帰ってきたときには、とめどなく涙が溢《あふ》れた。ただ、もともとポーカーフェイスの上、三十五歳という落ち着いた年齢にすでになっていたこともあり、お医者さんの前や、人前では、普通の態度を続けられた。流産をした人の多くが、こういうときには、お医者さんの前でも泣いてしまうものらしかったので、私は情が薄いのではないか、とも考えた。でも、自分としては、「これが『私という母親』の態度なのだ」と思った。

私はそのあとも、「ごめんね」と考えたことが一度もない。正直なところ、お医者さんが、「お母さんの責任ではない」と言ってくれたことを、本当かどうかはわからないと思いつつも、信じようと決めてしまった。食事も行動も、どういうものがベストかかなり調べ、きちんと気をつけたという自負があり、自責の念が湧いてこない。

それよりも、「ありがとう」と思う。「ほんのわずかの間だったけれど、私をお母さんにしてくれてありがとう」「来てくれて、本当に嬉しかった。ありがとう」と、神社で供養したときも、絵馬にそう書いた。

多くの母親が、流産後に、「ごめんね」「ごめんね」と言っているようだ。おそらく流産経験者としては、私は少数派なのでは、と想像する。

だが、もしも自分が赤ちゃんの側《がわ》だったとして、お母さんから謝ってもらいたいだろうか。否、と私は思ってしまう。お母さんから謝られるなんて子どもとしてはひどくつらいことではないだろうか。

もちろん、いろいろな考え方のすべてが素晴らしい。私は自分の考え方を、人に押しつけようといった気は、毛頭ない。だが、私のような母親もいる、ということを、世間から許されたい気持ちはある。

父の笑顔

父が大好きだ。

私は、顔は母親似なのだが、精神が父親似で、父の恥《は》じらいや、プライドの高さが、かなり理解できる。

病院に行きたがらない父が言った、「近所の病院に行ったときに、知り合いに会ったら困る」という科白が、他の人には意味不明だったと思うが、私にはなんとなくわかった。

「父に似た人を、娘は配偶者に選ぶ」という話を聞いたことがあるが、私はそもそも、ぶすな自分が配偶者を選べる立場にあるという意識はなかった。誰でも良いから、私を好きになってさえくれれば結婚し、子どもに恵まれたい、と考えていた（だから、最近話題の「婚活」や「少子化対策」の話で、「女性が男性を選《え》り好みして遅くまで結婚をしない」「子を持つ努力をしない」と批判されると、そんなつもりはまったくなかったので、言いがかりだ、と感じる）。ともかくも、三十を過ぎてやっと私を好いてくれる人が現れた。夫は私の母親に似た、無邪気でかわいらしい人だ。私は父と同じように、私とは真逆の、明るく優しい配偶者を得ることになった。その二年後、父は体調を崩した。

「病院に行こう？　ね？」

と私が言えば、

「病院に行くったって、方針が決まっていないのに行けるわけがないだろう。腹が痛いのに、目医者に行ってもいいのか？」

と笑いながら言う。

「目医者に行ってもいいよ。そしたら、ここではなく内科ですって言ってもらえるよ。まずは行動だよ」

と私は返す。

ようやく、病院に行き、どのような症状なのか、お酒はどの程度飲んでいるのか、問診票に書かなければならなかったのだが、父が書いたそれは、かなり軽めの文章だった。「風邪ですね」と言われるようなタッチなのだ。

「そうではないでしょ？　お酒、もっと飲んでいたんだから、情報はすべて正直に書かなければ、お医者さんだって判断が難しいよ」

と言ったところ、

「そんな事を、細かく書かなければならないのなら、問診票を書くために、何日か合宿しなきゃならないだろう」

と父は笑った。私も笑った。

人間ドック

私は、父が体調を崩したことによって、人間ドックの必要性を痛感した。そのため、義父母にも人間ドックを受けていただきたい、と思うようになった。その費用を私が渡したい、と言うと、

「そんなことをしても、うちの両親は喜ばないよ」

夫から強く反対された。

「じゃあ、私が勝手に、私からのお金を封筒に入れたものをお渡しするから、横で黙って見ていてよ」

私も強気に出た。

私だって、自分の両親はまだまだ私から甘えられたいだろう、と、体の心配をされるより遊びに来てもらいたいだろう、と、これまでは思っていた。だが、こんなことを言うとおごっていると思われるかもしれないが、三十代の私たちはもう、かなりの社会性を身につけている。私たちは、親を喜ばせる、というだけでなく、働き盛りの

大人として、親世代にできることをやらなければいけない、と今では考えている。夫の両親はとても元気なので、現在の私の気持ちは、たとえどんなに側《そば》にいてくれても、私ほどには夫にわからないのだ。私がどんなに後悔しているか、夫には伝わっていない。

根気よく話すと、夫はしぶしぶ了承してくれた。

私は自宅に義父母をお招きし、三時間煮込んだサムゲタンでおもてなしをしながら、さりげなく人間ドックの話題に持っていき、

「余計なことだとは思うのですが、あれでしたら、他のことに使っていただいても構いませんから、受け取っていただけませんでしょうか？」

と勇気を出して、こっそり用意しておいた封筒をお渡しした。義父母は快く受け取ってくださった。

結婚後、なかなか余裕ができず、仕送りはできていなかったのだが、独身時代は、自分の家に仕送りをしたり、母を旅行に連れて行ったりしていた。だが、私は今、「あのとき、『これで、人間ドックに行ってね』と、あの額のお金を渡した方が良かった」と後悔している。

強い主張のあるエッセイは書きたくない、と考えているが、今回は書きたい気がし

てしまう。
みなさんも、人間ドックに行ってください。

街の文字

この頃、街の文字を読むことにはまっている。

父の見舞いへ行った帰りに、夫とバスに乗り、手持ち無沙汰だったので、それぞれの目に入った文字を、交互に読み上げていった。

「お金貸します」

「とびだし危険」

「四月三十日まで通行止め」

「サラダ・コーヒーセットプラス三百円」

道路標識や、店の看板や、車内広告を読むだけなのだが、妙に楽しい。

それら文字の群は自分の考えではないので、読み上げても自分の主張にはならない。

また、風景を見るときのように、自分なりの捉え方をしようとする努力も必要ない。

「自分」というものが、とても軽くなる。

それに、文字は集中を促してくる。ひたすら文字を目で追う行為を繰り返し、「他にどこに文字があるかな」「あ、あそこにも文字がある」ということのみを考えていると、嫌なことが頭から消え去る。どんなにつらいことも、忘れられる。

そういえば、子どもの頃、くだらない文字をたくさん追っていたな、と思い出した。大人になってからは、それなりにお金を持てるようになったので、面白い小説や興味深いエッセイなど、本がたくさん手元にあるようになった。買ったのに読めていない本もあるくらいだ。しかし、子どもの頃は文章というものになかなか出会えなかったため、読めるものならなんでも良い、と思っていた気がする。高校生くらいまで、私は新聞に挟んであるチラシを読み込んでいた。また、アルバイトをしていなかったため、単行本を滅多に買えず、文庫ばかり購入していたのだが、三百円の文庫でも続けて三回は読み返さないと元が取れないような気がしていた。だが、チラシや、あまり好みでなかった小説の三回目には、たいして面白味がない。逃避だけができるという「文字追い」だった。

その日は、駅に着いたらプラットホームの文字を、電車でも文字を、歩いても文字を探した。夫が飽き、「もう止める」と言ったので、仕方なく終了した。

夫にはこのゲームがはまらなかったらしく、その後は誘ってもやってくれない。私は、ひとりで歩く際に、孤独に文字を探すようになった。

半大人

年の離れた弟妹《ていまい》のいる人に共感してもらえるのでは、と勝手に想像しているのだが、下と年齢差のある兄や姉は、親から、「半分だけ大人」と見られがちではないだろうか。特に不満があったわけではないのだが、ふと、そんなことを思った（下は下で、今の私には思いもよらない何かを味わっているのだろうが）。

私には、七歳下の妹がいる。それで、自分が七歳になったあたりから、親から、「半大人」として扱われ始めたようだ。私自身も、小学校に上がった頃に、「もう、自分は大人だ」と思った。親からすると、妹と母親の間の、真ん中あたりが、姉である私の年齢、という感じがしていたのではないか、と想像する。とはいえ、母と私の年齢差は三十二歳で、私と妹の差の四倍以上の開きがある。思われているほどは大人ではなかった、というのが、まあ、実状ではあった。

しかし、私も生意気であったため、

「ほら、お母さんは我慢しな。〇〇ちゃん（妹の名）は小さいんだから、仕方がないんだよ」

と、母が私に対して言うのと同じようなことを、機会を見つけては、母に言い返し、大人ぶった。

兄弟だけでなく、会社の先輩後輩や、趣味の仲間内の年齢差などでも、上と下に人がいる人は、おそらく「真ん中あたりの人」という認識を周りに持たれるものなのではないか。

人の正確な位置をきっちり把握しながら接するのは大変だから、上と下を認識したら、あとは真ん中としか思わないのが、当たり前だ。自分も、他人を見るときにはこのように、大ざっぱに関係を捉えている。

でも、自分が見られる側になると、できるだけ正確に認識されたい、という気持ちが、多少は出てくる。冒頭で、不満はないと書いた。実際、不満という言葉は当てはまらない。ただ、ちょっとした残念さ、やっぱり、「もうちょっと子ども扱いされたかったな」という思いはある。だが、結局のところ人間は、実際の年齢はどうか、だの、本当の関係はどうか、だのということによってではなく、誰と誰と誰に、どんな感じで見られているか、ということで存在するしかない。あきらめよう。

流氷みやげ

先日、私の実家で、父と母と妹と夫と私の五人で、母の作った鯖《さば》の味噌煮の食卓を囲んでいた際、

「これ、お姉ちゃんが買ってきたルイボスティー？」

と妹が湯飲みを持った。

「いや、それはお母さんが五年前に買ったルイボスティーの葉を、淹《い》れたのよ」

と母が答えた。

「ええ？　五年も前の？」

妹が驚く。

「ちゃんと冷凍庫に入れておいたんだから大丈夫よ。こないだ、お姉ちゃんが、『ルイボスティーは良いよ』と持ってきてくれたおかげで、これも飲もうと思い出したから、良かった」

母は悪びれずに言う。私が買ってきた新しいルイボスティーは取っておいて、随分

と古い葉でお茶を淹れたらしい。

「五年も前のお茶なんて、飲んでいいの？」

更《さら》に妹がつっ込むと、

「あら、冷凍庫の中には、もっと前の物だって、保存してあるのよ」

母は無邪気に笑う。

「何？」

妹が尋ねると、母はスッと立ち上がって冷蔵庫の前へ行き、冷凍庫の抽出《ひきだし》を開けてごそごそやり出した。私と妹は顔を見合わせた。

「これよ」

母は缶詰を取り出して、私たちのいる丸テーブルまで持ってきた。

「何それ？」

私が母の手元を覗くと、

「お姉ちゃんが買ってきてくれた、流氷よ」

と私に差し出す。確かに、見覚えがあった。

「これ、私が高校の卒業旅行で友だちと網走《あばしり》へ行ったときに、冗談で買ってきたおみやげじゃないの。流氷が入っているっていう缶詰で、なんの意味もないおみやげだよ。

その場で開けて笑えばいいだけのものだよ」

私は呆《あき》れた。

「だって、開けたらすぐに溶けて終わっちゃって、もったいないじゃないの」

母は言う。

「取っておく方が、冷凍庫のスペースがもったいないよ。私が高校卒業の年からだから、十七年間も入れていたってことだ」

私は笑いながら、夫に缶のラベルを見せ、それから父にも握らせた。

「これは、まだ取っておく」

母は再び缶詰を冷凍庫の奥に仕舞《しま》った。その仕草を、私は愛おしく見守った。

髪型

夫の髪の毛には、天然パーマがかかっている。強い癖ではないのだが、伸び過ぎると、ぶわっと広がる。

節約のためか、切るのが億劫なせいかは定かでないが、夫はなかなか髪を切りに行かない。独身の頃からそうだった。私は、たまに書店を訪れて、夫の髪の毛を見ていたが、寝ぐせがひどいということと、短いときと長いときの差が激しいということに気がついて、「ああ、この人は、髪の毛に興味がないのだろうな。ごくたまにしか美容院には行かず、行ったらそのあとしばらくは行かないで済むようにものすごく短く切ってもらうんだな」と想像した。結婚してわかったが、その通りだった。

私は嫌だった。夫の身だしなみが杜撰《ずさん》なのは、自分にも責任があるように思われてきた。しかも、サービス業に分類される職種に一応は就《つ》いているのだ。

「生活費で払っていいから、もっと頻繁《ひんぱん》に髪の毛を切りに行ってよ」

私は懇願した。私と夫は、それぞれ財布を二個持ちしている。自分の金を入れるものと、生活費（私と夫がそれぞれ決まった額を出してまとめ、それを二つの財布に少しずつ入れ、二人の生活のために使っていく。使ったらレシートを取っておき、家計として計上する）を入れるものだ。私は自分の金で髪を切るが、夫は生活費で髪を切って良いということにした。更に、私が通っている美容院を紹介し、同じところに行ってもらうことにした。だが、それでも夫の髪はいつも伸び過ぎる。やはり、億劫さが強いらしい。

髪の伸び過ぎた夫は、『あたしンち』のユズヒコや、『少年アシベ』のアシベに似てくる。つまり、頭にナスのヘタがのっているような形状になってくる。それはそれで可愛くないわけでもないのだが、少年ではなくて、良い年をした接客業の男なので、ある程度は整えないとマナー違反になるのではないか、というのが私の意見だ。

夫は今日、しぶしぶ髪を切りに行った。そして、かなり短くして帰ってきた。だが、顔に髪くずが付いている。また、数日は枕に髪くずが残るだろう。切っても切らなくとも、夫は雑でもっさりしており、そしてかわいらしい。

旅の中止

私は元来《がんらい》、旅好きだ。

学生の頃は、青春18きっぷで国内旅行へ出かけ、ユースホステルに泊まった。それから、会社員時代は、バックパッカーとして、格安航空券で東南アジアへ出かけた。作家になって、少し金を稼げるようになってからは、スーツケースでフライトして、ヨーロッパまで足をのばした。

散歩がメインのひとり旅が多いのだが、友人と観光旅行や冒険のような旅に出ることもある。フットワークは軽い方だと思う。誘われたら、二つ返事で出かけた。

二十歳を過ぎてから、「次の旅行の予定がない期間」はまったくなかったと思う。

結婚してからは、夫と小旅行に出かけた。夫は金がなく、長期休暇もない（夏休みなどは一切ない職場で、二連休しかない）ので、近場に一泊二日で行くことが多い。

その場合、私は「旅のしおり」を手書きでつくる。小学校の遠足などで配られる、ミニ冊子のようなものだ。理由は、「二人分の金を出すからには、元を取るために存分に楽しんでやる」と意気込む私と、「失敗してもいいから、のんびり行きたい」と構えている夫とに差があるからだ。また、調べ物や決定をするのが私の役割になることが多く、当日にそれをすると行動に集中できなくなってしまう。事前に、調べられるところまで調べておいた方が気楽に行ける。路線図や地図や店の情報などを、本やインターネットで見ておくのだが、この作業の時点で、旅の半分ほどはすでに楽しめてしまった気がすることもよくある。

このエッセイの連載中にも旅行へ出かける予定を立て、文章に活かす心づもりでいた。まず、三月末に小笠原へひとり旅へ、四月初旬に海老蔵《えびぞう》の公演と桜を見に京都へ、四月下旬には福岡へ行って、このエッセイの挿絵《さしえ》を描いてくださっているちえちひろさんにお会いしたい、と考えていた。だが、父が急に入院をすることになったので、すべてキャンセルした。

金もないし、あと数年は旅行へ行かないと思う。大人になって、初めて旅行の予定がすべて消えた。次にいつどこへ旅するかわからない。しかし、なぜか清々《すがすが》しい気持ちでいる。

小笠原

　小笠原旅行に対して、私は十数年前から憧《あこが》れを抱いていた。そのイメージは、当時の私が、少し年上のお姉さんが書いたもののように捉え、未来の自分像を重ねるように読んでいた、詩人の銀色夏生《ぎんいろなつを》さんのエッセイや、漫画家の南Q太さんのエッセイ漫画などにときどき出てきた、「日本にある南の島に、子どもを連れて出かけていき、のんびりと過ごす」という描写に触発されたものだった。「ああ、こういうこと、いつか私もしてみたいなあ」「自分に子どもができたら、こんな風に、自由なお母さんになろう」と夢想したのだった。

　その頃の私は書店アルバイトをしており、その店の棚で見つけた、小笠原のガイドブックを購入した。子どもはいなかったが、ひとりで行こうと思った。

「え？　山崎さん、小笠原行くの？」

と副店長から聞かれ、

「はい、春休みに、ひとりで行ってこようと思います。ホエールウォッチングができる時期みたいなんで」

と私は答えた。だが、家に帰って、そこに載っていた宿の番号に電話をかけると、「空きがない」とすげなく断られた。いくつか他にも当たってみたが駄目で、どうやら人気の時期の宿や船の予約は、大分前から余裕を持って取らなくてはいけないらしかった。

「空きがなかったので止めました」

と次の出勤で伝えたら、

「なんだ。すぐあきらめちゃうんだね」

と副店長から笑われた。

それから十年と少しが過ぎ、妊娠した。「妊娠中や、赤ちゃん連れでは大変だから、しばらくは旅行というものに行けないな」と考えた。しかし、しばらくすると赤ちゃんはいなくなってしまった。わんわん泣いたあと、「そうだ、今、小笠原旅行に行こう」と思いつき、昔の教訓を活かして、急いで船と宿の予約を入れたのだった。

だが、今回も断念することになった。この分では、また子どもができて、さらに十年後、その子が大きくなったときに行く、ということになるかもしれない。まあ、それも、いいか。未来の私がクジラを見ているところを想像すると、やけに幸せそうなのだ。

京都

四月の初めに夫と京都旅行へ行く計画を立てていたが、止めた。

その京都旅行は、南座で行われる市川海老蔵の「源氏物語」の公演を見にいく目的のものだった。この頃の私は、海老蔵のブログを読むことにはまっており、どうしても見たくなったのだ。歌舞伎座の公演で彼を見たことは二度ほどあって、「天守物語」で坂東玉三郎《ばんどうたまさぶろう》と競演していたのは特に素晴らしかった。王子様みたいだった。

しかし、海老蔵の十八番と言われている役柄の公演を見たことはまだない。これから、ちょっとずつ見ていけたら、と思う。同世代なので、この先におじいさんになって良い味が出てくる姿もきっと見られる、と楽しみにしている。

もうひとつ、私の海老蔵好きは、父への反発心にも端を発している。少し前に、海老蔵が事件を起こしたことによって、父は海老蔵を良く思わなくなったらしかった。まあ、世間ではやはり、父のように、海老蔵を不届き者と捉えるようになった人が多いだろう。でもなぜか、余計に、私の心は燃えたのだった。

するりと社会に馴染めている役者よりも見どころがあるじゃないか、それに、親が良いというものではなく自分が良いと思う芝居を見たい、という考えが湧いてきたのだ。

自身のブログの中で、海老蔵はいつも、コメントをくれる読者に対し率直に返答している。また、幼い娘と息子に対する愛情や、亡くしたばかりの父への憧れを、真《ま》っ直《す》ぐに綴《つづ》っている。荒くれ者のイメージだった海老蔵の、こういう素直な面を見ると、微笑ましく感じる。

もし、その旅行で京都に行っていれば、桜の開花時期に重なって、お花見もできたと思う。実は、去年も同じ時期に私と夫は京都へ行った。それは、谷崎潤一郎の『細雪』に描写される花見旅行を辿《たど》るという計画のものだった。雪子たち登場人物は、京都の桜の名所を丁寧にまわり、「都踊」も見る。それと同じ行動をしたのだ。『細雪』には歌舞伎のシーンも多くある。谷崎は歌舞伎ファンだったようだ。私も歌舞伎や桜を、いつかまた見ようと思う。

どんな仕事でも不安はあるのだろうが

私は、「純文学」と呼ばれる分野で、メインの仕事を発表してきた。ただ、「純文学」という単語は、世間において、通りの良い言葉ではないだろう。耳慣れない、と感じる人もたくさんいると思う。私も、作家になる前は、「純文学」と聞いても、なんのことやら、ピンと来なかった。今も、特にカテゴライズする必要はないと考えている。だが、説明し易いので、この言葉を使わせてもらいたい。

「純文学」という言葉は、私の仕事の環境においては、「文芸誌に発表された作品」を指すことが多い。同じ作家による作品でも、小説誌に発表されたものは、「エンターテインメント」と言われるようだ。まあ、そのどちらも、読者にとってはあまり違いがないだろうし、私も区分けが重要とは思っていない。

ともかくも、私の場合は、文芸誌の編集者さんたちによくしていただき、仕事の場に恵まれ、「純文学」がメインになっていた。

私は、文芸誌が大好きだ。締め切りがなく、分量は決められず、規制がゆるやかで、口出しは一切されない。ひたすら、作家の裁量に任せてもらえる。編集者さんは熱心に文学に向かい合っている。売れる売れないを問題にされることはほとんどない。むしろ、売れている作品に対して批判的な人が多い。また、反社会的なことでも、差別語でも、作家に強い意志があれば「表現の自由」を尊重して掲載してもらえる。とても自由だ。

ただ、書いた作品で文学賞を受賞し、編集者さん方に喜んでいただくことが、私にはできなかった。文学賞をひとつも受賞しないまま長年続けている「純文学作家」というのは、どうやらいないようなのだ。実際、私はこの先やっていけそうな感じがしない。作家として十年目になった私は、新人という年でもなくなり、この先仕事を続けていけるのだろうかと不安を覚える。

もともと私には、「なんでもいいから文章を人に読まれたい」「文章でごはんを食べたい」という思いは、なかった。

むしろ、「完成度の低い文章や、デザインの悪い媒体で発表する文章は、読まれたくない。自分が納得できる完成度で、自分が判断して、読者に責任を持って届けたい」「こちらが金を出してもいいから、いい本を出版したい」と思ってきた。

しかし、十年間作家として仕事をしてきてやっと、自分の能力のなさや、金のなさ、人望のなさに気がつくことになった。

先鋭的な作品を書くわけでもなく、たくさんの読者に歓迎される作品を書くわけでもない、私のような作家が「純文学」の分野で仕事をする意義はどこにあるのか。

そういう作家は淘汰《とうた》されるべきで、踏み台というところに価値を見出せば良い、という意見もあるのではないかとは思う。だが、私としては、そうではないところで、社会に役立つこともできるのではないか、未来に日本文学史の襷《たすき》を繋げる一助になることができるのではないか、と自分のやるべき仕事をもっと探りたい思いがある。

「翻訳される夢に向かって、受け身ではなく、自力で摑《つか》めるように動きたい」「新聞小説を書きたい」「絵本や童話を書きたい」「『源氏物語』の現代語訳を書きたい」という希望を、文学賞や大きな出版社などの権威に頼らずに実現する方法をなんとか探っていきたい。

腰

腰が痛くなって、移動ができなくなった。

肩こりは以前からあったが、腰痛というのは初体験だ。かなりの痛みがある。今日は朝、目が覚めてから、一時間もかけてベッドから出ることになった。寝返りも痛いのだ。

「なんだこれは」

ひとりごとだって思わず出る。起き上がったり、立ち上がったりが、ひと苦労だ。病院に行くと言っても、タクシーにも乗れない感じがする。それでも、自宅仕事なのでなんとか過ごし、毎日行っていた父のお見舞いはお休みにして、昼前に母に電話したところ、

「なんなんだろうね」

と爆笑された。笑い事じゃあないんだろうけど、とフォローされたが、まあ、笑い

たくなるのもわかる。腰痛というのは、頭痛や腹痛と違って、死に直結していないイメージがあるし、なんとなく可笑しい。私も笑った。

夫の昼休みの時間に電話すると、やはり笑って、

「エッセイのネタにしたら？」

と言う。エッセイをなんだと思っているのか。腹が立ったが、確かにエッセイには救われてきた。別段、ネタにしようとか、書いてやろうとかと思って生きているわけではないのだが、生活の中で苦しいことがあったとき、それを仕事に昇華できるというのは他の職業だったら難しいだろうから、ありがたい。

帰ってきた夫は、壁に手をつきながらそろりそろりと歩く私を見て、かわいそうに、と言いながら、麻婆《マーボー》ナスを作ってくれた。

ネーミング

腰の痛みはますます強くなり、私は家族からも仕事仲間からも誰からも同情を得られないままだった。

初めての体験なので、「一体なんだろう?」と不思議な感覚だ。話に聞く、ぎっくり腰というものの痛さに近いような気もした。しかし、ぎっくり腰は、何か重い物を持ち上げたり、何か動いたり、行動の拍子に起こるものなのではないだろうか。

私は、「内臓の病気で腰が痛くなったのかもしれない」とくよくよし始め、同情を誘うために、夫にも大げさにその予想を話した。私が深刻ぶって、「もう赤ちゃんも産めないかもしれない」などと言い出したので、夫も心配になったのか、「明日、休みだから、一緒に病院行こう」と誘ってくれた。

歩くのが大儀《たいぎ》なので、とてもではないが病院には行けないと思っていたが、翌日に夫のつきそいで、なんとか出かけた。

「まだお若いのにどうしたんですか?」

とお医者さん。

「いや、自分でもわからないんですよ。何もしていないのに、急に腰が痛くなったんです。普通に夜寝て、朝起きただけなんですよ」

私は説明した。

「顔を洗うのはつらくなかったですか?」

「つらかったですね。なんでつらかったんだろう」

私が考え込むと。

「だから、痛かったからでしょ?」

とお医者さんは笑う。

念のためにレントゲンを撮り、骨に異常はないとのこと。「おそらくは、ぎっくり腰。朝に起き上がるときのほんの少しの姿勢の違いでなることもあるんですよ」という診断だった。

「はあ、ぎっくり腰か。ネーミングがいまいちだよねえ。『なんとか性なんとか炎』だったらもっと同情してもらえそうなのに。痛いのに、ドラマティックじゃないよ。あるいは、『仕事で重い本を持ったときに』とか、『仕事相手から電話がかかってきて、受話器持ち上げた拍子に』とかってストーリーがあったら少しはドラマティックだったのに、『寝ていただけ』なんて、まったく面白味がない」

私は、ほっとしつつ、再びぼやいた。

よろよろ

ぎっくり腰で病院に行った日の翌日の早朝に、枕元に置いておいたスマートフォンが震えて目が覚めた。知らない番号が表示されていたが、局番から、父の病院の辺りからの電話かもしれない、とハッとして、通話マークを押した。

やはり、父を担当してくださっているお医者さんからで、すぐにいらしてください、とのことだった。

寝ぼけていたので、あのう、私はぎっくり腰なので、夫はすぐ行きますが、えっと、妹も会社休んだ方がいいですよね、と、どうでも良いこちらの事情を喋ってしまった。お医者さんは言葉を選んで説明してくれたが、少しずつ状況を認識できてきて、これは行った方が良い、と思った。夫は、私が電話を受けている間に察したのか、すでにベッドを抜けて身支度を始めてくれている。私はそのあと、母と妹に連絡をしたのだが、慌《あわ》てていたのか、電話番号を何度も押し間違えてしまう。うう、と思いながら、頑張って抽出から靴下を引っ張り出した。こんなときでもやっぱり、「ぎっくり腰なので」という科白が可笑しく、恥ずかしいと感じられた。夫に靴下をはかせてもらい、タクシーを呼んでもらって、駅まで行って電車に乗る。乗り換えの階段が大変なので、贅沢だが、少し遠い駅からまたタクシーを使ってしまった。

病院に着くと、「あ、なんだ、来られたじゃんか。昨日お父さんに、一週間はお見舞いお休みするってメールしちゃったのに、簡単に来られちゃったから恥ずかしいな」と考えた。

完全に、私はおばあさんの動き方になっていた。病院というものは手すりがいっぱいあって、安全な作りになっているので、結構歩ける。だが、動きがださい。ここのところ白髪が増えている私は、三十代だが、他の人からは二十くらい老けて見えているだろう。ただでさえ、四十代に見られることが最近増えてきているのに、その上、歩き方までおばあさんになった。人は皆、死に向かって動いている。赤ちゃんでさえ、生まれたときを目指さない。私も死に向かって生きている。ただ、よろよろでも十分に楽しいし、よろよろのままで生にしがみついていればいいやと思う。

父は、持ち直した。

エフゲニー・キーシンのピアノコンサートへ、夫と二人で行ってきた。

私は、音楽に苦手意識を持っている。小学生の頃、エレクトーンの教室に通っていたときは、一緒に習い始めた同い年の子からどんどん置いていかれたし、学校の金管バンドに入ったときは、コルネット（トランペットに似た、小さな楽器）の音を出すところでつまずいて（マウスピースに唇を上手く合わせられなくて、ブーッという音が出ず、音階をやる前の段階で脱落した）、先生からクビを言い渡された。歌も下手だったし、自分には音楽の「才能」がないのだろうと思った。

それでも、写生会で絵を描いたり、作文を書いたりすると、金賞などで褒《ほ》められることがあったので、でも絵や文章はできるから、という意識があり、音楽ができないというのに、そこまでの引け目は感じていなかった。誰にだって、得意不得意があるし、音楽家が音楽家の親から生まれることが多いということを聞き、三歳くらいからの教育とか、天性のものとかが必要なのだろうから仕方がない、とすぐにあきらめてしまった。

しかし、大学でマンドリンサークルに入ったときに、初めて音楽を面白いと思った。人より上手くなるということではなく、自分なりに何かを獲得していくことの楽しさを知ったからだと思う。それは、「才能」ではなく、努力の楽しさだった。

今でも音楽センスのなさを感じる。このようなエッセイや、レビューを書く場をいただいたとき、美術や演劇について文章を綴ると、自分なりに納得できるのだが、音楽について書いた文章は、自分で読んでもどうもいまいちだ。私は、音楽を文章に起こすセンスがないのだ。しかし、下手でも、書くのは楽しい。

ピアノなどのコンサートに行くのが好きで、ときどき出かける。コンサート会場にいると、周りのお客さんたちが、自分よりも音楽をきちんと受け止めているように見えて、居場所がないような気持ちにもなるのだが、わからないなりの楽しみ方がある、というのを、子どもの頃の挫折《ざせつ》の経験から、なんとなく思う。私は「音楽をわかっている人」のようには音を味わえないが、たぶん、努力を楽しんでいる。

詩の朗読

毎晩、寝る前に詩の朗読をすることになっている。

夫は詩が好きなようだ。一番好きな詩人は田村隆一で、全集を持っている。よく知らないが、ときどきノートに自作の詩を書いているようだ。若いときは、ポエトリーリーディングもしていたらしい。

書店員が集まるイベントや、結婚式で、夫は詩の朗読をするときがあって、確かに、あまり噛《か》まないし、声が通る。私は、トークイベントなどでたまに自分の書いた小説を朗読することがあるが、噛みまくるし、声がこもりがちだ。これぱっかりは、夫に負けていると思う。

詩は、私も好きだ。私が一等好きな詩人は金子光晴で、若いときに図書館で全集を読んだ。会社員をしていた頃は、就業中にこっそり、書類と書類の間に文庫を隠しながら開いて、一行ずつ暗記をしていた。寝る前にも、繰り返し読んできた。

夜寝る前は、夢中になり過ぎる小説を開くと眠れなくなるので、何度も読み返して内容を覚え切っている小説か、エッセイなどの散文をめくることが多い。詩もいい。

それで、夫に読んでもらうことにした。

私は文章を書くことを生業《なりわい》にしているので、普段から言語センスを磨《みが》いておかないと仕事にならない。そして、その磨く作業というのは、今までも、周囲の家族や友人たちがしてきてくれた。読書のおかげもあるとは思うが、私の書く物はかなりの口語体なので、友人たちに感謝しなければいけない。

とにかく、私の言語センスを磨くために夫はひと役買ってくれていて、詩の朗読はその一環だ。

最近はまっているのは、まど・みちおと、谷川俊太郎だ。選集を枕元に置いておき、毎日、三、四編読む。夫が二つ読んで、私がひとつ読むぐらいの割合だ。耳から聞いたり、喋ったりすると、肌から言葉が入るようで、黙読とはまた違った味わいがある。

毎日と言っても、夫はとても寝付きが良いので、読まないで寝てしまう日も多い。そういう夜はつまらない。

読んでくれる夜は、たいして仕事をできなかった日でも、良い作家に一歩近づけたような気分で眠れる。

言語道場

今のマンションの部屋に引っ越してきたとき、

「この部屋の名前はなんにしようか」

と夫と話し合い、「言語道場」にしよう、と決まった。

昔の作家のエッセイを読んでいると、自分の家に名前を付けているのをよく見かける（たとえば、谷崎潤一郎の倚松庵《いしょうあん》や潺湲亭《せんかんてい》、それから、幸田露伴《こうだろはん》の蝸牛庵《かぎゅうあん》など。武田泰淳《たけだたいじゅん》の山小屋は、妻の百合子の『富士日記』によると、「不二小大居百花庵」「寸心亭」、あるいは「百合花亭」と、泰淳は名付けに迷っていたらしい）。こういうのを真似て、自分も自宅に名付けをしてみたい、とかねてから思っていた。

とはいえ、自分で建てることはまだまだできそうにないし、借りるにしても一軒家は遠い。ここは、賃貸マンション。なんとか庵や、なんとか亭は、ずっと未来に取っておくしかない。とりあえずの名として、「言語道場」という、軽いものにした。

そもそも、引っ越しの頃、私は作家としての岐路《きろ》に立っていた。というのは、十年やってわかってきたが、私はおそらく、作家として今後なんとか続けられたとしても、文学シーンにおける主流の仕事はできそうにないし、売れ線を目指すのも分不相応だ。「やりがい」というのは他のところに求めた方が良い。もちろん、金を稼ぐというこ とがあるが、それだけでは仕事というものに自分の人生の全力を注ぐのは難しい。自分なりの文学の愛し方を見つけるようにしなければ、と思った。それは、世間から見返りを求めるのではなく、自分の中で、前よりも文学が少しわかるようになったり、言語の感覚が澄んできたりしたときに感じる、あのちょっとした高揚感、あれを追い求めることで見つかっていくのではないか。人から認められるかどうかは、もう横に置いてしまって、自分の中で何かが進むか進まないかのみを注視すれば良いのではないか。

そこで、道場である。毎日を、文学者としての合宿のように過ごして、一日に半歩でも進めるようにしたら、たとえ世間から認められるような仕事ができなくても、自分としては楽しくなるだろう。夫と一緒に、そういう日々を生きることにした。

ビブリオバトル

こどもの日に放送された、ＮＨＫラジオ第一の、「書評ゲーム　ビブリオバトル～子どもにすすめたいこの一冊～」という番組に、バトラーとして出演させてもらった。

ビブリオバトルというのは、ここ何年かで広まったゲームで、おすすめしたい本を数人が持ちより、五分間で本の紹介をし、それを聞いた人たちが「誰のおすすめ本を読みたくなったか」に投票する、というものらしい。そういうゲームがあるというのはちらちら耳にしていたが、自分が参加するのは、このラジオが初めてだ。

ご依頼をいただき、面白そう、と思って準備していたのだが、前々日の真夜中に、父の具合がまた悪くなったようで、「来てください」という電話を病院からもらった。終電のあとだったので夫とタクシーで病院に駆けつけた。父は再び持ち直した。ほっとして朝方、病院から駅まで歩きながら、ビブリオバトルで喋ろうと思っていることを夫に聞いてもらった。始発電車に乗って、五分間を計ってもらいながらまた喋る。

いまいちな顔で夫は聞いていた。自分でも面白くない気がする。しかも、五分内に話が収まらない。自信がなくなってきた。勝ち負けはともかく、他のバトラーはお話上手な方ばかりなので、自分がラジオの雰囲気を壊すのではないかと不安にもなる。もやもやしていると、電車の中のスマートフォンに母から、「また悪くなったから病院に戻ってくださぃ、だって」と連絡が来た。

病院に戻り、社会人失格かもしれないが、出演に迷いが出てきた。そもそも、親がこのような状態のときに人は仕事を優先するものなのだろうか、と気になり、スマートフォンで検索してみたところ、やはり、雇い主側や同僚の方たちは休みに対して批判的で、しかし当人は休んだことを肯定、あるいは休まなかったことを後悔していた。なるほど、それならば私は周囲にどう思われようが休もう、という気になり、エージェントに連絡した。しかし、母が、

「なーに言ってんの。せっかくのチャンスなんだから出な。もう二度とないよ」

と明るく言ってきた。あ、そう、と母の声の調子で気持ちが百八十度変わり、いそいでエージェントに電話をかけ直し、病室でレジュメを練り直した。

ラジオ

父が個室に移ったので、私の出演するラジオを聞いてもらえることになった。

そのラジオは、ビブリオバトルというもので、本の紹介の仕方で勝敗が決まる。「勝敗はどっちでも良い。ムードを壊したくない」という思いだったが、だんだんと欲が出てきた。

当日の朝、夫に五分を計ってもらいながら、三回、スピーチの練習をした。

「これは、勝てるんじゃないか」

夫は、「前日よりも、ずっと良くなっている」と太鼓判を捺《お》してくれた。

どきどきしながら、ラジオに生出演し、自分にしてはきちんと喋ることができた。ありがたいことに票を得られ、優勝できた。

急いで病院へ向かい、午後五時に父の病室に入った。正直、褒めてくれないとしても、「ラジオ、聞いたよ」くらいは言ってくれるのではないか、と予想していた。というのは、数日前、昨年に出演した別のラジオの録音を、イヤフォンで父に聞いてもらったとき、途中までしか聞いてもらえず、感想もなかったので、「治療費を払ったりローンを肩代わりしたりするときには、仕事を褒めてもらいたい気持ちがあるよ」と、私の気持ちを伝えたからだった。だが、ニュースやテレビ番組の話は出たが、七時に母が来るまでの二時間、父からラジオの話は一切出なかった。

よく、「父に喜んでもらうために、一位を目指す」とか、「親が喜んでくれるから、進学する」とかといった話を聞くが、嘘だと思う。実際、どう見ても、私の父は私の仕事を喜んでいない。デビューのときの授賞式にも来てくれなかったし、これまでの日常会話で、父の方から私の仕事に関する話題を出してきたことがない。大学に行ったことも、学費のこともあるし、嬉しいとは感じていなかっただろう。先日、入院費のための九万円を父に渡しながら、「でも、私の仕事には興味ないんだよね」と私が言ったら、「大学まで出してやったのに、親にたてつくのか」と言われた。ただ、お金は、絶対に喜んで、受け取ってくれる。

「学ぶ」「仕事を頑張る」といったことは、自分のためにやらなければならない。誰が喜んでくれるから……、と他人のせいにするのは駄目だ。それを痛感した。

希望の洞窟

父のお見舞いの行き帰りに乗る電車は、途中でトンネルを抜ける。スマートフォンでインターネットをしていると、ふっと電波が切れる。山の中を通り抜けているのだと思うが、なんという山なのかはわからない。

五分くらい車窓が暗くなり、それから駅に着いて一度明るくなったあと、再び五分くらい真っ暗な中を進む。最近では多くの人が、スマートフォンを触りながら電車で過ごしていると思う。私もそうなので、メールが送れなかったり、調べ物ができなかったりすると、その時間をとても長く感じる。そして、そういう自分を、「スマートフォンに依存していて、嫌だな」と省《かえり》みる。

夫と二人で、このトンネルに名前を付けた。「希望の洞窟」という名前だ。

暗くて憂鬱になるのだが、すぐに明るくなるから、そして、トンネルよりは洞窟の方がロマンティックだからだ。

「あ、希望の洞窟に入ったから、メールが通じなくなった」

だとか、

「もう希望の洞窟まで来たから、もうじき家に着く」

だとかという風に会話に取り入れている。

私はもともと、地下鉄よりも電車の方が好きで、どちらに乗っても行けるルートであれば、電車を選んでいる。視界の端に空が見えている方が、なんとなく気分が良い。そんな私だから、トンネルはもちろん、あまり好きではない。ただ、何度も通るうちに、「古代の暮らしでは、こういうところを通り抜けられなかったんだろうなあ」「誰かが掘ったんだなあ」「昔だったら、結婚して離れて暮らすようになったら、親のお見舞いなんて、そうそう行けなかったんだろうなあ」などとしみじみ考えるようになった。アニメの「日本昔ばなし」の、山が連なる景色を頭に思い浮かべる。

毎年、七月の登山シーズンが来ると、夫と二人で山登りをしてきた。富士山や雲取《くもとり》山《やま》など、山小屋で一泊して行っていたが、今年は気力も金もないから、どうだろうか。

もし行けたら、この希望の洞窟が掘られている山の上を登ってみたいな。それほど高い山ではないだろうし、だんだん思い入れが強くなってきたから。

弱い人

私は夫を、兵隊向きではないな、と日々感じる。

ひょろひょろしていて、肉体労働ができなそうということもあるが、精神面において、人からの命令に従ったり、あるいは人を下に従えたりといった、男同士のタフな人間づき合いを築き上げるということにも不向きだと思う。

今が戦争の時代でなくて本当に良かった。きっと、戦時下では、夫のような、軍隊に入ったら精神的に参ってしまうような人も、無理矢理に駆り出されたのに違いない。

この国では、これまで男性しか強制入隊をさせてこなかったようだが、もしも私の身にそのようなことが起こったとしたら、私も精神が崩壊するタイプだと思う。運動能力が低いし、規律を守るのが苦手だ。小学校の頃、運動会の練習で行進をさせられるだけで気持ち悪くなった。「他の子と同じ動きをしろ」と言われるのもつらかった。実際、行進の列や、ダンスのバランスを乱して、よく怒られた。

そして私は、夫や自分のような、「戦時下においては無能」とされるような人間の価値を守っていきたい、と思う。兵隊向きの性格でないことは、決して、恥ずかしくない。なぜなら、平和でさえあれば、存在価値はいくらでもあって、自分に向いた仕事ならできるし、他人とも穏やかな関係を築けるのだ。タフな人はもちろん立派だ。ただ、そうではない人もこの世に存在するということは「タフではない」ということも世の中から必要とされているに違いない。

戦争が起こる理由はいつも複雑で、誰が悪いというわけでもないから、責任云々《うんぬん》を言っても仕方がないだろう。それに、生まれたときから平和な時代でぬくぬく過ごさせてもらった私が、戦争時代を生き抜いた人に何かを言うということは難しい。

ただ私は、くだらないことを延々と書くような小説を発表していきたい。弱い作家が弱い話を書くことが仕事になる幸せな時代を噛み締めたい。

文豪の死後

著名な作家が死んだあとに、寡婦《かふ》や寡夫《かふ》が生前の作家について語る、ということがある。

その作家についてエッセイを書いたり、その作家をフィーチャーした本や雑誌が出るときに取材を受けたり、といったことだ。

作品の読者が、それを書いた作家個人の生活や人生を知りたいと思うことはよくある。生きているときは作家本人がインタビューを受けたり、読者と交流したりしていたと思うのだが、亡き後はパートナーがそれを引き継ぐのだろう。文学研究をする人も寡婦や寡夫の話を聞きたがるようだ。

私も、作家の私生活には野次馬的に興味を惹かれるたちで、「この作家の暮らしを、私も真似したい」「どんな家に住んで、どんなごはんを食べていたのだろう」と気になる。それに、寡婦や娘が書いたエッセイを読むのは好きだ。武田百合子、幸田文《こうだあや》、森茉莉《もりまり》の文章はうっとりするので、身近な人が死んだことで文章を書く気になってくれて本当に良かったと思う。

ただ、ときどき、寡婦や寡夫の方で、「作品について語る人」や、「読者に作家の考えを教えようとする人」がいるように感じ、がっかりすることがある。

やはり、作家本人と、その身近な人は、別の人間だ。たとえ、著作権を引き継いだ人でも、作品内容のことは語れないだろう。また、もしかしたら生活の中で、作家が自作について漏《も》らした言葉を聞く機会があったのかもしれないが、「作家は、この小説を、こう考えて書いた」というような、「答え」を披露《ひろう》してしまうのは、野暮だと思う。

ひとつだけ、私が思う絶対的なことは、作品からの距離は、作家に会ったことのない読者も、作家と一緒に暮らしていた人も、同じだということだ。

そうでなければ、小説というものを書く意味がなくなってしまう。側にいる人の方が読み取れるようなものだったら、作品として発表する価値がない。

傲慢《ごうまん》かもしれないが、私が万が一、この先に文豪になれたとして、夫の方が長生きした場合のことを考える。夫には、もし需要があったら私の暮らしについて客観的に話すことはしてもらいたいが、上から目線で読者に作品のことを語るのだけはやめて欲しい、と伝えた。

朝ドラ

朝ドラについて話すのは面白い。私はしょっちゅう話している。

家にテレビを置いていない。それでテレビ番組に疎くなっていたのだが、あるとき、「『あまちゃん』が面白い」という評判を耳にして、インターネットで調べると「NHKオンデマンド」というサイトで視聴可能とわかった。観たらやはり面白く、『あまちゃん』にはまったあとはその勢いで『ごちそうさん』も続けて追いかけ、今は『花子とアン』を毎日観ている。

想像するに、朝ドラは金と名誉を得られる仕事だろうから、才能のある人が集まって制作することになって、外れの作品が滅多にできないのだろう。

十五分の中に必ず「観た感」が来る感じや、俳優の声を想定して書かれている雰囲気、それから、場所や時代がしっかりと取材されてあることがびんびんと伝わってくるところ（おそらく、毎日十五分間映像を流すということで、フィクション感が薄くなり、現実と違うところがあると苦情が来やすいのでは）など、小説とは違う醍醐味《だいごみ》を味わうのも面白い。

ともかくも、毎日観ているので自然と会話に紛れてくる。夫は一切観ていないのだが、私が話しているので、それぞれがどういう作品かは知っているはずだ（もともと私は小説や映画、ドラマなどの説明が上手いと、夫からのウケが良い。ただ、話が上手くても、世の夫というものは、自分好みではない作品の話を延々と聞かされることを嫌がるらしいから、本当は夫が聞き上手なのだろう）。

また、父や母との共通の話題にもなっている。父は野球と相撲が好きなのだが、私はルールさえ知らないので、朝ドラのおかげで、「あの女優はいいね」「この時代はこうだよね」と他愛ないことで話が膨《ふく》らんで、助かる。それに、今回の作品は読書好きのヒロインで、翻訳がテーマで、『赤毛のアン』が出てくるので、私にとってかなり語り易い。

「なおちゃんの言っていた通りに話が進んでいるね」

と母から言われ、得意になり、今日も先のストーリーまで得意になってぺらぺら喋っている。

読書会

夫は、読書会にときどき出かける。

書店員仲間や、出版社の営業さんなどの友人たちと集まる会だ。ひとつの本を決め、それぞれ読んできて、感想を出し合い、可能ならば担当編集者さんや作家などを招いて話を聞く、といったことをするらしい。夫は、いくつかの集まりをかけもちしていて、グループごとに色がある。

その会は、難解な現代小説を取り上げがちのグループで、単純な頭を持つ夫がよく、「今回の本は難しい」とこぼしていた。

だが、珍しく、青春小説が取り上げられたことがあった。少年少女向けイメージのイラストが付いた海外小説のページをめくりながら、夫が目を真っ赤にした。夫が言うには、難病を抱える少女と少年が死に向き合いながら恋をする話らしい。久しぶりに良い本だと言って、あちらこちらに線を引き、ノートにメモを取っている。さぞかし良い会になるだろうと送り出したら、帰ってきた夫は、「こてんぱんにやられた」

と呟《つぶや》いてベッドに突っ伏した。

「ウェルメイド過ぎる」「ありがち。上手く書けましたってだけ」「よくこんなので泣けたな」といった批判を受け、何も言い返せずに帰ってきたらしい。

批判をしてきたのが、私も会ったことのある、夫よりも年下なのにいつも夫をこばかにしたようにいじってくる、文学の研究者や気取った出版社の人だと思った私は、やおら腹が立ってきて、夫に、「次からはこう言いなよ」とアドバイスを始めた。

「君は自分の頭が良いことを確認するために本を読んでいるんだな」「僕は感動し易いたちで良かった。読書がより楽しめるもの」「君自身がウェルメイドだ」「君は知的だなあ」「君の場合はこれからも、頭の体操のために小説を読んでいったらいいんじゃないか?」

これからも、この五つの科白を使い回し、言い続けたら良い。復唱しな、と私は言った。夫は笑っていた。夫が言うには、自分はいじられキャラに徹しているが、皆もそれはわかってくれている。きちんと愛されているのだ。あいつらも本当は僕を尊敬している、とのことだった。だが、私は男の友情を理解できず、いつまでも怒り狂っていた。

フットサル

夫は趣味として、最近、フットサルを始めた。作家や、出版社の方や、書店員が集まって、月に一回ほど、デパートの屋上にある貸しスペースなどを借りて、軽く遊ぶ会のようだ。同世代の方が多いらしい。

小学生から高校生まで、意外なことに、夫は部活でサッカーをしていた。高校で膝をケガして止めたらしい。幼馴染《おさなな じ》みとずっと一緒にやっていたそうで、その幼馴染みは上手く、夫は上手いわけではなかったというが、熱を入れてやっていたらしい。三浦知良《み うらかずよし》選手のファンとのことで、夫が独身時代に住んでいた部屋には、そのポスターが貼ってあった。

小学生の頃に、『キャプテン翼』というサッカー漫画が流行り、中学生の頃にJリーグが開始されたこともあって、私たちの世代におけるサッカー人気は、とても高い。私の周りにもサッカー好きは多く、中学高校でサッカー部員に憧れる友だちがたくさんいた。実家の近くには浦和レッズがあって、ゲームのある日には駅前が真っ赤になった。私も一度だけ、母と観戦したことがある。また、成人式では、当時浦和レッズに所属していた小野伸二選手が挨拶してくれた（ただ、小野選手は私よりひとつ年下なので、年下から祝われ、ちょっと奇妙な気持ちがした）。

とにかく、私の記憶において、サッカーは一番人気のスポーツで、サッカー部員はいつもモテていたので、夫がやっていたというのが意外だった。

また、大人になってからは、その流れでフットサルも流行り始めたのだが、私には偏見があり、ちゃらちゃらしている人がやるものと信じていたので、夫がやるとは思わなかった。

まあ、私も自分でやってみれば、ただのボール遊びであり、地味な人間がやっても不自然ではない、とわかるのかもしれないが、体を動かすのが嫌いで、特に球技は下手なので、絶対にやりたくない。

夫は、高校時代のださいジャージを着てプレイしている。サッカーやフットサルをやる人は皆ファッショナブルというイメージがあったのだが、それも覆《くつがえ》された。

ちえちひろさん

先日、西日本新聞の『かわいい夫』の連載にイラストを描いてくださっている、ちえちひろさんにお会いした。

連載が始まるときに、お互いのツイッターをフォローし合ったことによって、連絡を取り合えるようになっていたのだ。

私はインターネットの知識があまりなく、それに会ったことのない人と会話をするのは難しいという感覚があり、良いイメージを持っていなかったのだが、初めて、「ツイッターは、良いツールだな」と思った。

作家の仕事をしていると、仕事相手と会わずに終わることも少なくない。私はメールが苦手なのだが、お互いに時間を取られずに済むため、依頼書をメールでいただき、原稿送付もメールで行う、ということがよくある。そして、新聞や雑誌でイラストレーターさんに挿絵を描いてもらったり、書籍を出版する際に写真家さんにカバー撮影をしてもらって、デザイナーさんにデザインしてもらい、もっと言えば、校閲さんに校正してもらったり、印刷会社さんに印刷してもらったり、製紙会社さんの紙を使わせてもらったりするのだが、そういった仕事仲間と、会えない。編集者さんは、その全員と会っているらしいが、それはつまり、それぞれは編集者さんとしか会えないということだ。「挨拶くらいしたいなあ」と思うのだが、作家が出ていくと、相手を萎縮させてしまったり、作家の意見が通り過ぎてしまったり（たとえば、デザインや写真など、その道のプロの判断に任せるのが良い場合でも、作家がひと言喋ると、それが通ってしまうことがある）するので、やっぱり、控えようかな、となる。

ともかくも、今回は、ちえちひろさんに会いたいと思った。お二人は、佐賀県に住む姉妹のユニットだ。それで私は九州旅行を企て、会いに行こうと企《たくら》んだのだが、私の父の入院で頓挫《とんざ》してしまった。だが、しばらくして、ちえちひろさんが東京で個展を開くことになり、そのときにお食事でも、と誘ってくださった。そこで、夫と一緒に渋谷に出かけ、四人でごはんを食べた。ちえちひろさんのお二人は、若くてかわいらしく、そして絵に対して熱い思いをお持ちの方々だった。また会えるといい。

配偶者

　父の病室へ行くと、先にお見舞いに来ていた母が、鞄《かばん》からおもむろに、図書館で借りてきた梨木香歩《なしきかほ》さんの『裏庭』を出し、

「お父さんが、借りてこいっていうから。読む？」

と父に尋ねる。先日、私がラジオのビブリオバトルで紹介した本だ。

「いや、読めないんだよ。新聞がせいいっぱいだ」

と父は首を振った。毎日父は新聞を読んでいるが、メモを取るのはきつくなってきているらしく、水を飲むのもひと苦労、読書は難しいようだ。本は、ラジオ出演を父が褒めなかったために私がむくれたことから、父がパフォーマンスとして母に借りてこさせたのかもしれない。あるいは、母がそう仕向けたのか。母はそのあと、三日で『裏庭』を読み切っていた。

　私はすべてがどうでもよくなってきた。

妹の方が両親と仲が良く、元から私は家を妹に譲るつもりであり、今後どうすると

いう考えもない。両親にとって私は金づるでしかない。そう言うと、「髭剃《ひげそ》りもやらせてあげているじゃないか」と父は言う。

確かに、髭を剃ったり、手足にクリームを塗ったりしていると、私は楽しい。

ただ、酸素濃度が下がって、しばらく夜も付き添いで泊まれることになったとき、父は母に泊まってもらいたがって、私は断られた。父が入院をしてから、父と母の間の絆の強さが明確に表れてきた。

娘よりも、配偶者の方が繋がりが深いのだ。よく、「血の繋がり」という言葉を聞くが、そんなのはたいしたものではない。法的に縁を切り難いというだけだ。ただ、思い出がたくさんあるから、私側からは父に思いが溢れる。父からしても、血がどうのではなく、手をかけた分の、私への気持ちはあるのだろう。

結局のところ、人と人との繋がりは、日々によってしか作られない。生まれつき持っている関係などないのだ。

誰もがそうであるように私も明日病気になるかもしれなくて、そのときは夫が看病してくれるに違いない。もちろん、逆の場合は私が嬉々《きき》としてするだろう。どうも私は、人の世話をしたり、金を出したりするのが好きなようだ。ときどき間違いをおかしながら、日々、関係を作っていきたい。

間柄はこの先、ちょっとずつ、良い風にも悪い風にも変わっていくだろう。血だの法律だのは無視して、日々だけを見よう。

二人乗り

入院中の父が転院することになり、一時的に帰宅した。それまでの数日間、ほとんど食事がとれず、どうしても食欲が湧かないようだったのだが、

「ざるそばを食べてみようかな」

父は家でつぶやいた。

そこで、

「じゃあ、コモディイイダに行ってくる」

と私は近所のスーパーマーケットの名前を言って、飛び出した。夫は、ひとりで義理の父と母と妹の中に放り出されては気まずいと思ったのか、

「そうしたら、僕も一緒に行ってきます」

慌ててついてきた。

「動く自転車は一台しかないのだけど」

母が玄関から顔を出し、指さす。なるほど、他の三台の自転車はすべて壊れていて、一台のみがなんとか乗れる状態を保っている。

「僕は走りますから、大丈夫です」

夫は言った。私はストッパーを外して自転車を外に出し、

「じゃあね」

と母に手を振った。夫は本当に走る気らしかったが、四捨五入すれば四十だ。まさか自転車と併走できるような体力はあるまい。

「後ろに乗ったら？」

私は荷台をさして、促した。ひょろりと痩せている夫なので、乗せて走る自信は、まあまああった。

「いやいや。……じゃあ、僕が前に乗る」

夫が言うので、「そうか」と思い、荷台に移った。自転車で十分もかからない距離なので、なんとか「二人乗り」で行けた。そういえば、夫と「二人乗り」をするのは初めてだなあ、と感慨深かった。

いそいでネギと海苔《のり》と生麺を籠《かご》に入れ、レジで会計を済ませる。エコバッグを抱えて、再び荷台に乗る。

こりゃあ、忘れられないだろうな、と私は思った。父がやっと「ざるそばを食べたい」と言ったこと、それをきっかけに夫と初めて「二人乗り」をしたこと、私が死ぬまで、鮮やかに記憶に残っていくだろう。

近所の目のことは、こんなときなので気にすまい、と思った。私はひたすら、アスファルトのでこぼこを目で追った。

慌てていたのか、買ってきた生麺は、うどんだった。

Ⅱ

（一年後）

納骨

父が亡くなって一年が過ぎた。

三カ月ほどの闘病生活を経て、父は静かに眠りについた。私が「西日本新聞」での『かわいい夫』の連載を終えた二カ月ほど後の、夏の始まりのことだった。

母は随分と気を落としていたが、人の死後にはやらなければならないことがいろいろとあり、そのことでむしろ立っていられる状態にあるように見えた。そして、なんやかんやと大騒ぎしながら、母はしっかりとした墓を建てた。

再び夏の気配が漂い始めた頃、納骨と一周忌を一緒に行うことになった。

私はデパートの地下で前日に購入した小玉スイカをビニール袋に入れ、種から育てたミニトマトの苗と落花生《らっかせい》の苗をプラスティックの小さな植木鉢に植え替えて紙袋に入れ、二つの袋を夫に持ってもらって墓地へ出かけた。

大荷物を抱えてバスに乗る。墓地への便が一時間半に一本しかないので、かなり早く着いてしまった。まだ誰も来ていなかったので暇を持て余し、墓を掃除しに行く。

薄ピンク色の石に父の名前の漢字一字と私の描いたウサギの絵を彫ったものだ。すでにスタッフの方が納骨の準備をしてくださっていたようで、墓の前面の蓋が外してあり、その前に小さなテーブルが置いてあった。軽く掃除をしていただいていたようだが、ここを拭けるのは今しかない、と思い、這《は》いつくばって腕を伸ばし、届くところまで墓の中を雑巾《ぞうきん》で拭きまくった。墓の中を見るのは初めてだった。穴の中には、白い砂利《じゃり》が敷き詰めてある。その上に何匹かのゲジゲジのような虫の死骸《しがい》が落ちていた。こんなのと一緒じゃ気持ち悪いだろう、と思って、つまんで外に出した。

そして、ひと通りの儀式が終わったあと、お食事処へ移って、みんなで昼食をとった。夫は痩せているのに、背が高いので胃が大きいのか、常によく食べる。いつもに増して、夫はたくさん食べた。私の分のお刺身や小鉢もあげ、母も余っていた天ぷらなどを夫にあげた。

よくわからないが、夫は何かしらに気を遣《つか》ってごはんをぱくぱく食べたのだろう。実際、親戚や母にウケていた。私も、なぜだかわからないが、夫が大食いなことが嬉しかった。

スイカ

納骨の祭壇に、母の持ってきた様々な果物に小玉スイカも加えてもらって供えた。

父は果物が好きだった。とりわけスイカは好物で、皮のところまで漬け物にして食べていた。入院してからは食が細くなって、私たちは食事のことでやきもきした。スイカが出回り始めた時期に、スイカジュースを作って持っていったことがあった。そのときは、良かれと思って人参やレモンなども少し加えて、ミキサーで混ぜて作った。

私はあとから、それを後悔した。栄養よりも大事なものがあったのに。

ジュースではなく、小さく刻んで、種を丁寧に取り除いて持っていけば、父もあのシャリリとした歯触りを楽しめたかもしれない。

そのジュースを持っていった翌日くらいに、同じ病室の、父の斜め向かいに寝ていらっしゃる方が、

「スイカが出ている頃だから、スイカを買ってきてくれないか」

と看護師さんに頼んでいた。

「看護師は買い物ができないんですよ。ご家族の方に言ってくださいね」

看護師さんは困りながらそう答えていた。

私たちが何も隠さなかったので、父は自身の病状をすべて知っていたのだが、落ち着いて受け止めていた。病気が進むと、意識がぼんやりしたり、認識が上手くできない状態になることがときどきあるようにはなったが、最後まで、取り乱したり、わがままを言ったりすることはなかった。

しかし、多くの患者さんにとっては受け止め難いことで、どうしてもわがままになってしまうことがあるようだった。病室にいると、私のことを看護師さんと同じような存在と捉えて頼み事をなさる患者さんもたまにいらっしゃった。

なんだか、父にだけスイカを持っていくのは悪いような気もして、結局、その後もスイカは持っていかなかった。

納骨のとき、叔母たちが細やかな心遣いで母や私たちを助けてくれたので、果物やスイカは叔母たちに持って帰ってもらった。

私はなんとなく、父が亡くなったあと、スイカを食べていない。食べないと決めているわけではないので、そのうち食べるとは思うのだが、スーパーマーケットで見かけても手が伸びないので、今年の夏も食べないかもしれない。

ミニトマト

園芸が趣味の私は、マンションの庭でいくつか鉢植えを育てている。とはいえ、去年は流産したり、父が病気になったりしてばたばたしたので、新しい種は蒔《ま》かず、多年草や薔薇《ばら》の苗に水遣《みずや》りをする程度だった。

「今年は、少し蒔こうか」と考え、野菜や花の種をいくつか購入した。

ミニトマトの「アイコ」という品種は、とても育て易い。少し細長い形の赤い実がなる。発芽率が良く、虫もあまりつかない。一昨年にも蒔いて、うちの実家と、夫の実家に、育った苗をおすそわけした。そのあと、

「そういえば、うちの父はトマトが苦手だった」

夫が言うので、

「ええー」

と恐縮したのだが、どちらの家でも大きく育って実を付けてくれたらしい。

その頃は私の父も元気で、大きなプランターにミニトマトを植え替えて、食べてく

れたようだった。

納骨の相談の電話で母に、

「前と同じミニトマトいる？」

と尋ねると、

「いる、いる」

と言うので、私はミニトマトの苗と、それからオマケで落花生の苗も紙袋に入れて、墓地へ出かけたのだった。こういう荷物を持っていることがお坊さんや親戚にばれたら納骨という儀式に対してふざけた心を持っていると非難されるのではないか、と不安だったが、誰も他人《ひと》の荷物など気にしていないようで、大丈夫だった。

納骨のあと、実家に寄って苗を母に渡し、お茶を飲んでから帰宅すると、

「早速、大きなプランターに植え替えたよ」

夕方、母は携帯電話で写真を撮ってメールで送ってくれた。そこで翌日、私も自分の家の庭の写真を撮って返信した。

それ以来、「花が咲いたよ」だの、「うちも実がなったよ」だの、「赤くなったよ」だのと、ときどきメールを送り合うようになった。

去年、母に一緒に暮らさないかと提案したとき、「おばあさん扱いするな」と母は

怒った。それで、メールも母を心配する文面にするのは良くないのだろうと思っていたところだったので、当たり障《さわ》りのない用事ができて助かった。

ただ、最近、再び妊娠し、「トキソプラズマの感染予防のため、妊婦は園芸を避けた方が良い」と耳にし、なかなか庭仕事もできなくなった。

穴は永遠に空いたまま

流産をして一年半後、新しい子どもを授《さず》かった。

流産のあとに妊娠をすることを、「前の子が戻ってきてくれた」と捉える人もいるらしい。でも、私は、まったく別の子だと感じている。あと、子どもは親を選んでお腹に来ない。たまたまここに発生しただけだ。育ったり育たなかったりすることにも特別な理由はない。

妊婦側にとって、流産は「喪失体験」だと、私は思う。「妊娠の失敗」のように捉える人もいるが、私はそう感じなかった。その後に父の死が重なったこともあり、私には穴ができた。

私は、友人と遊ぶときに以前と同じようなテンションに気持ちを上げることができなくなった。二、三年前の自分とは違う人間になった。時が経てば前の自分に戻れるのではないか、また新たに子どもができたら元の心に戻れるのではないか、と思っていたが、妊娠しても穴が埋まった感じはない。やっぱり、もう戻らない気がする。暗いわけではなくて、にこにこと過ごしているし、幸せだ。ただ、昔とは違う。この年で言うのもおかしいが、大人になった、ということだろうか。多くの人が、こんな風に年齢を重ねていくのかもしれない。流産や親の死はたくさんの人が経験することだが、他にも世の中には悲しみが溢れていて、私には想像できないようなことで大人になる人もいるに違いない。私は若い頃の自分よりも、今の、穴の空いた自分の方が好きだ。

誰かによって空けられた穴が、他の誰かによって埋められることはない。どの家族だって減ったり増えたりするが、減った人の代わりを誰かが務めることはできない。新しい人が増えるだけだ。穴は永遠に空いたままだ。この穴を大事に抱えていこう。

愛夫家《あいふか》

「愛夫家」という言葉は聞いたことがないが、あってもいいのではないか。

うちのマンションの、夫の部屋のドアに、夫が下手な字で「愛妻家」と筆で書いた半紙が貼ってある。どうしてそんなことを書いたのか。面白いと思ったのか、あるいは私に対するごますりか。わからないが、ドアが閉まってその紙がひらりとする度、「私だって『愛夫家』なのに」と思う。

だったら、自分も部屋のドアへ、「愛夫家」と貼れば良いのかもしれないが、私の自室は仕事部屋だから、貼るなら「作家」としたいので、それはやらない。

多くの人が、社会的な仕事をしながら、「愛夫家」なり、「愛妻家」なりも頑張っている。

妻も、外で夫の人柄や優しさをもっと褒めると良いと思う。

妻は夫に関する愚痴を言っても許される、むしろ妻が夫への不満を周囲に漏らすと場が盛り上がる、という風潮があるが、どうかと思う。夫が妻のことを悪く言うと「ひどい」と周りの人から眉をひそめられるのに、妻の方だけ許されるのは変だ。

あと、私が、「自分が大黒柱だ」だとか、「夫をかわいいと思う」だとかと言うと、「夫を尊敬していない」と批判されることがたまにあるのだが、それもどうかと思う。男性がよく言う科白を女性が言うと許されないのか。私は夫を尊敬している。仕事に真面目に取り組み、誰とでもきちんと向かい合う、優しい夫を素晴らしいと思っている。だが、非難をする人は、「夫のことを自分よりも知的だと思うべきだ」「夫より稼ぎがあっても、夫の稼ぎを立てるべきだ」といった考えを持っているようだ。

相手をどのように尊敬するかは、夫婦によってまちまちだ。性別によって尊敬の仕方を規定するなんてナンセンスだ。私がどのように夫を尊敬するかは、私の自由ではないか。

社会的意義のある書店員の仕事を応援している。でも、私の作家としての仕事も書店員と同じくらい重要なものだ。そして、生活費の多くを私が稼いでいるのは、単なるうちの事情であり、恥ずかしいことでも隠すことでもない。

妻が弱者に甘んじて、陰で夫の愚痴を言ったり、表で夫を立てたりする時代は終わりにしたい。「恐妻家」という言葉で笑いが取れる風潮もそろそろ消えていくだろう。

夫を恐がる妻が痛々しいのと同じように、妻を恐れる夫はかわいそうだ。
私は「愛夫家」だ。夫を、これからもかわいがる。

裁縫箱《さいほうばこ》を買ってもらう

黙々と手を動かしていると気持ちが落ち着くものだ。それで、去年は縫《ぬ》い物や編み物にはまった。

裁縫箱が欲しくなって、お店やインターネットでかわいい裁縫箱がないか探していた。「これが欲しい」と感じたものがあったのだが、高い。自分には贅沢ではないか、と逡巡《しゅんじゅん》していた。

ちょうどホワイトデーが近くなり、思いついた。

「あとで裁縫箱になるような箱に入った、お菓子を買ってよ」

私は夫に頼んでみた。

箱入りのお菓子は高級なので渋るかと思ったが、

「いいよ」

と言うので、デパートのお菓子売り場を一緒にうろうろした。ヨックモックのシガールを買ってくれた。私は中身を取り出し（お菓子はタッパーに移して、ゆっくり食べた）、百円ショップで仕切り用の小さい箱をいくつか買ってきて詰めた。そのうちアクリル絵の具で箱の周りにイラストを描いて、自分っぽい裁縫箱に仕立てようと思っている。

夫は針仕事がほとんどできないようなので、私が夫のものを縫う。夫が店で締めているエプロンのポケットを縫ったり（いつもポケットがすごく重そうなのは、わけのわからないものをいろいろ入れているのだろう）、シャツのボタンが取れたのを付け直したりする。冬には、夫のマフラーやニットタイを編んだ。愛情や役割意識からではなく、楽しいからやった。つまらない縫い物だったら一切しない。

内田《うちだ》春菊《しゅんぎく》さんが『私たちは繁殖している』の中で、ジジ（内田さんご本人がモデルと思われる主人公）は裁縫が趣味なのだが、「家庭的なイメージがうっとうしくて隠していた」といったことを描いていらして、よくわかる、と思った。「家庭的だね」という科白は未《いま》だに褒め言葉として流通していて、きつい。

もうひとつ言えば、私は毎日、ほとんどワンピースを着ている（理由は、『のだめカンタービレ』ののだめがワンピースばかり着ていて、作者の二ノ宮知子さんいわく「のだめは楽な格好をするはずだから」とのことで、天才は服に時間をかけないのだな、と思った。私も天才になりたいので）。あと、かわいいもの好《ず》きだ。でも、ファッションの好みを理由に「女らしいね」と言われると、つらい。

だが、嫌なことを言われないために生きているわけではないから、楽しい趣味に没頭して、好きな服を着て過ごすことにする。

俳句

今年の正月は父の喪中だったが、夫と二人でふらりと近所の寺へ初詣に出かけた。寺の向かいにあったカフェでパンとスープを食べながら、

「あの電線に止まっているカラスが音符みたいだ、っていう俳句を作りたい」

俳句を詠《よ》んだことなんてない夫が、急に窓を指さした。

「その発想は目新しいものじゃない。パクリにもならない、よくある発想だ。ただ、よくある発想でも、とことん執着したら新しい表現が生まれることがある」

私は言った。だが、私だって俳句のことなんか知らない。母が趣味で俳句をやっているので、聞きかじった程度だ。

「五線譜《ごせんふ》の電線に止まるカラスかな」

夫は詠んだ。

「季語がないし、字余りだなあ。それに、何かハッとするフレーズも入れたいね。『カ

ラス』という言葉を省いても、『電線に止まる』だけで十分にカラスのことだって伝わるんじゃない？」

私が指摘すると、

「正月の電線仰げば音符跳ね」

夫は改稿した。

「また字余り。それに、正月っていう季語がどうもな……。もっと、青空の中に点々といる感じを出したいね。季語は、初空とか、初詣とかもあるよ」

私が提案すると、

「空高く音階を読む初詣」

夫は再び改稿した。

「自分が主語にならなくてもいいと思うんだよ。季語って他に何があるんだろう……。あ、初鴉《はつがらす》っていうのがある。さっきは『カラス』は良くないって言ったけど、季語にするなら文字数が浮くから……」

私はスマートフォンで歳時記のページを探し、新年の季語を調べた。

「空高く音符飛び立つ初鴉」

夫が言い、

「それだ」

私が手を叩くと、夫はノートにメモした。

もう一句、同じような遣《や》り取《と》りをして、

「テラス席小鳥はみかん僕はパン」

というのも詠んだ。

家に帰って、新聞の俳壇に送ろうと騒ぎ、葉書に書いて投函した。「これからは、たくさん俳句を詠もう」と熱くなったのだが、一時的で、すぐに冷めて忘れてしまった。どうせ載らないだろうと新聞もチェックしないままになった。

語り

奥多摩に民話を語ってくれる宿がある。二年ほど前に一度行って、今年の春に再び訪れた。奥多摩は自宅から近いので、最長二日しか夫が休暇を取れず、また経済的に豊かではない私たちにとって、出かけ易い。

前回はサイクリングがメインで、家から自転車を一日がかりで走らせ、翌日も丸一日自転車を漕いで帰宅し、かなりハードだった。それに懲《こ》りて、二回目の旅行は電車で出かけ、湖まで軽いトレッキングをし、翌日は沢歩きをしたあと、電車で帰る、という緩《ゆる》やかな行程にした。

夜は旅館だ。食事がおいしく、接客は素朴《そぼく》で和《なご》む素敵な宿で、一番面白いのは、おじいさん（と言っても、結構若い方なのだが）による、民話の語りだ。

予約をしておくと、夜八時に囲炉裏端《いろりばた》で昔話をしてくれる。地元奥多摩の話がメインだが、それ以外のものもある。おじいさんの頭の中にはたくさんの民話が記憶されているらしい。

夏になり、妊娠がわかって旅行を控えているのだが、子どもが生まれたら、子連れでまた出かけたい。

ときどき、あの語りを思い出す。何も見ずに語るのもすごいが、口調も素晴らしかった。聞いている人たちの顔を順々に見ながら、はっきりとした言葉を届ける。

私は黙って文章を書く仕事をしているので、音で聞く言葉が新鮮だ。アメリカなどでは作家が朗読する機会が多いらしい。でも、私は緊張するし、声が良くないし、抑揚をつけたり声色を変えたりといったことが下手だ。

夫は上手い。声が通るし、リズムも良い。詩の朗読が趣味で、噛まない。記憶力があまりないので、あのおじいさんみたいに暗記して語るのは難しいだろうが、絵本を読むのは向いている。私は落ち込んでいる夜に、夫に詩集や絵本を読んでもらっている。きっと、子どもにも読んであげるだろう。

昔の人は黙読をせず、読書といえば音読だったらしい。私も、発声による言葉についてもっと勉強しなければ、と思う。

ぶす

夫についてのエッセイを書くにあたって、「結婚は幸せ」という価値観の押しつけがないように注意しよう、と気を引き締めた。でも、冒頭にも書いたように、私の書くものが、「のろけ」「幸せ自慢」と受け取られてしまうことはまずないはずだ。理由としては、夫の収入が高くないことや、私の容姿が良くないことがある。

私は作家デビューをして、新聞に顔写真が出たときから、「ぶすは隅っこで生きろ」「ぶすなのに何故《なぜ》作家になったのか」、あるいはここには書けないようなもっとひどい言葉で容姿に関する中傷を多くされるようになった（当時、インターネット版の新聞写真は一応「無断複製不可」の注意書きが添えられていたが、簡単にコピー&ペーストができた。まだインターネットリテラシーが浸透していない時期で、多くの人がブログや掲示板に写真を貼って激しい誹謗《ひぼう》中傷の文を綴っていた。書いていたのは、遠くの人間には厳しくても、家族や友人に対しては優しい、ごく普通の人たちだと思う。デビューして三、四年の間、筆名で検索をかけると一ページ目はその写真や誹謗中傷ばかりが出てきて、第二検索ワードが『ぶす』と出るくらいだったので、作品を好意的に読んで私の名前をインターネットで調べようとしてくれた人の目にも触れるだろうことを思い、私は気が気でなかった)。

私はこのことで大きな負担を覚えて、家族や編集者さんなどの仕事仲間に相談したのだが、どうしても自分の感じている負担のポイントを上手く伝えられなかった。「自分が見なければいいのでは?」と言われるが、読者や周りの人は見る。それに、人間としての尊厳を侵されているのに、「傷ついている自分の方が悪い」と思わなくてはならないのか。釈然としないし、もっと奥に何かある気がする。

時代が変わってインターネットリテラシーを持つ人が多くなり、また私が若くなくなったこと、私の力不足で仕事がそれほど注目されなくなってきてしまったこともあって、今では中傷を受ける機会はほとんどなくなったのだが、それでもたまに古傷が痛み、ふと夫に「ぶすって書かれて傷ついたんだよ」と漏らしてしまうときがある。夫は私の気持ちに寄り添おうと努めてくれる。でも、やっぱり、夫にもポイントは伝わっていないと感じる。

このエッセイは夫にまつわる文章で書き進めているが、容姿の問題は性別を語るときによくテーマとなる。結婚の際に自分や相手の容姿を気にする人は多いだろうし、

「ぶす」という言葉について悩んでいる人はたくさんいると思うので、これから何回かに分けて、「ぶす」という言葉の使われ方やその作用について書いてみたい。「自分は『ぶす』ではないし、他人に『ぶす』と言ったこともない」という方もいると思いますが、ぜひ一緒に考えてください。

差別語だと思う

差別語の定義は曖昧《あいまい》だ。法的にはっきりとした線が引かれているわけではない。それでも新聞では、差別的だと受け取られる可能性のある言葉は自粛する。新聞でエッセイを書く際、『記者ハンドブック』などを参考にして、私も気をつけている。文芸誌で小説を発表する場合は、それよりずっと緩やかで、世間的に差別語として通っている語でも、文脈で判断すると差別の意図がなさそうな場合や、誰かを確実に傷つけると考えるのは難しい場合、その表現が作品に必要と感じられる場合などはそのまま掲載してもらえることが多いので、私も比較的自由に書いている。

言葉が使われるときは、必ず文脈がある。時代背景、前後の流れがある。言葉単体を見て、「これは差別語だ」と認定するのは難しい。

「ぶす」を差別語だと言ったら、「そんなことはない」と反駁《はんばく》する方が結構いらっしゃるだろう。

私だって、愛のある「ぶす」という言葉を耳にした経験が何度もあるし、バラエティ番組で面白可笑しく使われる「ぶす」という表現があるのもわかっているので、「ぶす」という言葉単体を責め立てて言葉狩りを行う気はさらさらない。

でも、「ぶすは隅っこで生きろ」「ぶすなのに何故作家になったのか」という文脈における「ぶす」は、差別語だと私は感じる。「ぶすを社会の中に組み込みたくない」「普通の人とぶすの間に線を引きたい」、あるいは、「ぶすは社会の底辺で暮らすべきだ」「ぶすは、自分が他の人よりも下の立場であることをわきまえるべきだ」といった考え方が透《す》けて見える。それはいわゆる「差別」の考え方だ。

以前、同和問題が専門の方が差別語について解説していらっしゃる本を読んで、他の差別語についての文章はとても素晴らしかったのに、「ぶす」の項目では、言われた人が自意識過剰に受け取っているだけ、といった主旨のことが書いてあって、がっくりきてしまったことがある。

他の差別語よりも「ぶす」は語感が柔らかく、他人を傷つけずに使われることも多い言葉だとは思う。しかし、仕事をしたり、結婚をしたりといった社会的な場面で、「ぶす」という言葉でぺしゃんこにされたり、追い出されたりといった経験をする人が実際にいる。差別語として機能している場合もあるのだ。

コンプレックスじゃない

前回書いたように、「ぶす」という言葉が使用された文章は、差別的になっていることがある。

私は、「やっと社会に出られた」と思ったとき、重い荷物を背負って歩かなくてはならなくなったように感じ、もしかしたら今後どんなに仕事を頑張っても社会に組み込んでもらえないのではないかといった不安を味わった。

私がこのように感じていたのに対して、夫や家族、仕事仲間などの相談相手は、「美人じゃないと言われて傷ついているのだろう」「容姿に自信が持てなくて苦しんでいるのだろう」といった、私側のコンプレックスの問題として処理しようとした。

しかし、私は子どもの頃から今まで一度も「美人になりたい」「容姿に自信を持ちたい」なんて考えたことがない。自分が美人でないことなどまったく苦ではないし、普段の生活の中で自分の顔に支障を感じることは全然ない。

もちろん、モデルなどの美的な仕事をなさっている方や、そうでなくとも美しくなりたいと日々努力なさっている方は、「美人じゃない」と言われたら傷つくだろうから、すべての人に「美人じゃない」という科白を言っていいわけではないだろう。でも、少なくとも私には言ってくれて構わない。私の他にも、「美人じゃない」という表現に接したとき、自分でもそういう自己認識を持っているし悪口だとは感じられない、という人は多いのではないだろうか。

顔が悪いことに苦しんでいるのではない。顔を理由に排除されたり、下に見られたりすることに苦しんでいるのだ。「作家になれた」「社会人になれた」と喜んだときに、「でも、おまえの場合は、頑張っても駄目だ。生まれつきこういう顔立ちの人は社会で活躍できない定めなんだよ」と言われたようで、ぺしゃんこになった。

人に相談にのってもらったときに、こういったことがなかなか伝わらなかったのは、ひとえに私の説明が拙《つたな》かったからに違いない。反省し、これからは論理的に話すよう心がけたい。

これまで私の話を聞いてくれた夫や家族や仕事仲間たちにはとても感謝している。聞いていて楽しくなる話ではなかったはずなのに、優しく耳を傾け、私の存在を肯定し、仕事を応援してくれた。それだけでもどんなに救いになったかわからない。

敵は美人ではなく、「ぶす」と言ってくる人だ

テレビのバラエティ番組の中で、「ぶす」とされているお笑い芸人さんが、美しい女優さんに噛みついているシーンをたまに見かける。「美人は嫌いだ」といった科白を吐き、嫉妬のような悪感情を美人に向ける。

「本当に、そう思っているのかな?」

と私は首を傾《かし》げる。

そういったお笑い芸人の女性が、プライベートでは美人女優と友人関係を築いていて、オフのときに食事をしたり遊んだりしているという話を何度か聞いた。

やはり、いわゆる「テレビ的な演出」なのだろう。お笑い芸人さんが仕事として頑張り、喋りのスキルを活かして盛り上げるからこそ、成り立っている素晴らしい空間なのに違いない。だが、「女性同士がケンカをすると面白い」という男性視点に応えている、やらされている、という風にも私からは見える。

現実の世界では、美人を嫌う「ぶす」も、「ぶす」を嫌う美人も、あまりいない。実際、私自身の今までの経験において、美人は大概「ぶす」に優しかった。「ぶす」と言ってからかう人が、「あなたの敵は美人だ」とすげ替えて、自分は安全な場所に立って悪者の役さえもしないというのは、ちょっとひどいと思う。

「なぜか美人作家と私を比べて悪口を言う人がいて、つらいんですよ」

という愚痴を私はこぼしてしまったことがある。誤解を招く発言だったと反省するが、それは美人作家を悪く言ったのでも、羨《うらや》ましがったのでもない。私は、中傷をする人を責めたのだ。まったく違う仕事をしている人間を、「性別が同じという理由だけで比較して構わない」と捉える人に対して憤《いきどお》ったのだ。

美人も容姿のことばかり言われて悩んだり、線を引かれて傷ついたりしているので、「ぶす」の悪口を言うことはまずない。

私見では、他人を「ぶす」だと言う人は、美人でも「ぶす」でもない、曖昧な顔立ちの人が多い。自身の価値がよくわからないために、自分より下にいる人をとりあえず見つけたい、という気持ちが働いてしまうのではないだろうか。

とにかく、私はほとんどの美人に好感を抱いている。敵は、「ぶす」と私に言ってくる人のみだ。

自己肯定感

「容姿について悩みを持っているのなら、整形手術などの解決策もあるんじゃないですか？」

と助言されたことがある。これも私の説明が悪かったために誤解をされてしまったのだろうと反省している。

そう、誤解だ。私は自分の顔を気に入っている。

前向きな気持ちで行う整形手術に対して私は反対の意見を持っていない。

しかし、私の場合は、自分の顔を変えたいなんて、これっぽっちも思っていないのだ。一重まぶたも低い鼻も丸い顔も自分らしくて好きだし、鏡を見て嫌な気分になどまったくならない。自分は気に入っているのに、世間の基準に合わせて顔を変えるなんてばかばかしい。まるで、いじめで悩んでいる人に、「いじめっ子に言われた通りに自分を直せば、いじめを回避できますよ」と助言するような、おかしな考え方だ。

多様性を肯定する時代になったのではなかったのか。様々な人種のそれぞれの顔立ちの良さが認識されるようになり、これからは個人の美点が一般的な価値観を越えて認められていくのではないのか。

私がこのように、「自分の顔を好きだ」と思えているのは、親が私を「かわいいね」と言いながら育ててくれたからに違いない。

また、夫が毎日、「かわいいね」と私のことを言うからでもあるだろう。おそらく、夫は私の顔を本当に好いている。

友人たちも、私の顔を嫌いではないだろう。

親も夫も友人も、私の顔を評価しているかどうかで言ったら、評価してはいないと思う。でも、好きか嫌いかという質問だったら、きっと「好き」と答えてくれる。だから私も、自分のことを「美人じゃない」と認識しながら、「でも、好き。絶対に変えたくない」と思うわけだ。

親が子どもに教えられるのは「生を絶対的に善とすること」のみだ、と聞いたことがある。今、私のお腹にいる子が、どんな顔をした子か、いわゆる「健康な子」と世間から言われるような子か、私にはまったくわからない。どんな子でも、「かわいいね」と言いまくりたい。世間に関係なく、自分で自分の価値を認められるように。自己肯定感があれば大概のことは乗り越えられる。できたら、周りの子のそれぞれの良さを見て、他の子たちのことも「かわいいな」と思ってくれたら尚《なお》いいな、とも思う。

幸せのごはん

つわりが始まって食事をとりづらくなってから、以前よりも食べ物のことを空想する時間が増えた。「この雑誌に載っている店、いつか夫と行きたいな」「つわりが収まったら、クックパッドを見てこの料理を作ろう」と頭を巡らせる。実際に口に入れたくはない。ただ、「夫と食事をするときには幸福感があった」という記憶があるから、なんとなく考えてしまうのだと思う。

つわりには個人差がある。まったくない人もいれば、水も飲むことができずに点滴を打ってなんとか過ごす大変な人もいる。ひどい人はテレビの食事シーンだけで気持ち悪くなるらしいので、空想が楽しい私はひどくはないのだろう。

食べ物のイメージを浮かべながら、「お父さんが食事に対して思っていたのはこういう感じだったのかな」と、ぼんやり考えた。

もちろん、がんによる食べられないつらさとつわりのそれとは雲泥《うんでい》の差で、病気の方がどんなに苦しいかしれない。ただ、父が闘病中に示した食べ物に対しての態度を、当時の私はあまり理解できていなかったな、と振り返った。

「お父さんが食べたいのはね、天ぷらだろ？　それから、かつ丼。あと、寿司ね……。まあ、実際には口にしたくないんだけどね」

入院中、なんの脈略もなく、そんなことを言い出したことがあった。

それから、一時帰宅の際、栄養や消化を気にしておじややスープなどを父用に出すのだが、父はなかなか手を伸ばさない。しかし、みんなでカレーを食べていると、

「お父さんも食べるよ」

と、ぺろりとカレーをたいらげてしまった。

また、食欲がないと言って病院の食事をほとんど残すのに、病室で母が飴《あめ》を嘗《な》めていると一緒に嘗めたがる。母が何かを食べたり、「あれ食べよう」と話したりしていると、同じものを食べたがる。こっちとしては病気に効くものを食べて欲しかったし、消化の悪いもので後悔して欲しくなかった。でも、間違っていた。

食事というのは体の栄養のためだけにとるものではない。食欲は、体の欲するものと、頭の欲するものの二種類がある。父は、誰かと食事をして幸せになりたかっただけなのだと思う。それが、生きる欲望にどれだけ深く繋がっているかということを、あの頃、もっと理解できていたら……、と悔やむ。

世話好き

私は世話好きだ。

夫と結婚するまで、それに気がつかなかった。

おそらく、母や友人知人たちも、私のことを世話好きだとは思っていなかっただろう。元来わがままな性分で、人に気を遣ってもらいながら生きてきた。遊びや旅行へ行くときは友人に仕切ってもらい、連れていってもらうばかりだった。

今は、毎日、

「風呂に入りな」

と夫に声をかける。

夫が風呂から上がってくると、髪を梳《と》かしながらドライヤーをかけてあげる。疲れ切って風呂に入らないで寝ようとするときは、タオルをお湯で濡らして首や背中を拭いてあげる。夫が眠っている間に、眼鏡を拭いておく。

夫に私を頼る気持ちがあるわけではないと思う。父が入院したとき、変わっていく体調に合わせて、髭を剃ったり、爪を切ったり、身体を拭いたり、シャンプーしたり、マッサージしたり、あれこれ世話を焼きながら、妙な楽しさを覚えていたので、やっぱり、私側の性質によるものだ。

「夫を甘やかしてはいけない」「夫が自分で生活できるように教育しなければならない」という意見をたまに耳にするが、いい大人に対して教育するのしないのと語るのは、どうかと思う。これは遊びみたいなもので、楽しんでいるのだから、甘やかしたって、べつにいいじゃないか。実際には、夫は私なしで長年ひとり暮らしをしてきたわけで、私がいなくたって生きていけるし、自立できる。

ただ、夫は髪の毛が天然パーマで、

「さらさらヘアに憧れている」

と言いながら、ひとり暮らしのときはいつも洗いざらしのぼさぼさ頭だった。憧れを持ちながらなんの努力もしないなんて愚《ぐ》の骨頂《こっちょう》だ、と再三言ったのだが、櫛《くし》さえ入れないので、私が綾野剛を意識しながらドライヤーをあてることになった。それを毎日行っていたのだが、妊娠を機に、赤ん坊が産まれたらそんな暇はもうないと理解し、夫は自分でドライヤーをかけるようになった。最近、それだけは変わった。

たまたま側にいる人

書店業界の今後を心配する声がときどき聞こえる。「電子書籍の普及で紙の本が売れなくなっていくのではないか」「ネット書店の台頭でリアル書店の存続が危うくなるのでないか」「全国チェーンの大型書店はまだ大丈夫だが、『町の本屋さん』と呼ばれるような個人店の経営はかなり難しくなっていくのではないか」といった声だ。

夫は「町の本屋さん」の書店員なので、まさに心配されているところで働いているのだが、本人は毎日楽しそうだ。今後、たとえどんなに状況が厳しくなっても、ぎりぎりまで「町の本屋さん」の書店員でいて欲しい、と私も願っている。

電子書籍やネット書店では、おすすめ情報を得たり、ランキングやレビューを参考にしたりして、「これが欲しい」と決めたものをピンポイントで購入することが多い。対して、リアル書店では、ふらりと店に入って、ぶらぶらしていたら目についたものに、なんとなく手を伸ばす。

世の中にはもっといい本がある。それでも、私は偶然手にしたこの本を読む。

これは、「たまたま側にいる人を愛す」ということに似ていると思う。

私は昔、結婚というのは、自分にぴったりの、世界で唯一の人を探し出してするものだと思っていた。

しかし、今はそう思わない。たまたま側にいる人を、自分がどこまで愛せるかだ。

夫が世界一自分に合う人かどうかなんてどうでもいい。ただ、側にいてくれる人を愛し抜きたいだけだ。

私は夫と結婚してから、雑誌やネットで評価されているレストランに行かなくなった。そういう店は多くの人を満足させ、失敗と感じさせることが少なく、コストパフォーマンスが良いかもしれない。しかし、夫と外食するなら、自分たちの家の近くの、偶然入った「町の洋食屋さん」の良さを、自分たちなりに発見して愛しむ方が楽しい、と気がついた。

これは、「町の本屋さん」で働く夫と一緒に過ごすうちにだんだん身についてきた感性なのではないかな、と思う。

世界で一番素敵な本なんて読まなくていい。たまたま出会った本を、自分なりの読み方で、深く読み込んでいく方が、ずっと素敵な読書になる。

配偶者の仕事

書店を舞台にした小説を数年前に書いた。出版後に、「旦那さんが書店員だから書いたのではないか」と人から思われてしまうことに、ううう、となった。

何が、ううう、なのか。

その小説は、まだ夫とおつき合いも始めていない時期に書き出したものであり、結婚後だったら、書かなかったと思う。

「配偶者の仕事を理解している」と私が考えているかのように、他人から思われるのが嫌なのだ。

私は書店の仕事のことをよく知らない（小説は、知らないという自覚があったからこそ書いた）。書店で働く夫と結婚しても、妻の私が他の人より書店について詳しくなることはなかった。また、私は夫の仕事を応援しているが、書店員としての夫を支えているのは、私ではなく、社長や店長や同僚やアルバイトさん、それから、取引相手の版元さんや取次さん、そして誰よりも、お客さんたちだ。

それはもちろん、私の仕事のことを考えた場合にも当てはまる。夫は私にとって大事な人だが、作家としての私を支えてくれているのは、出版社の編集者さんや営業さん、作家仲間、デザイナーさん、印刷会社さん、書店さん、そして誰よりも、読者の方々だ。

夫は決して、一番の読者ではない。作品を理解してくれるのは遠くにいる人だと私は考えている。

「内助の功」のような考え方が、私は好きではない。

もちろん、夫婦で会社やお店を経営している方がいるし、旦那さんの仕事を助けることで社会参加をしている主婦の方もいる。「夫婦で仕事をしている」という状況が世の中にはあると思う。でも、すべての夫婦に当てはまるわけではないし、そういう考え方を「好きではない」と感じるのも自由だろう。私の場合は後者なのだ。

せっかく成熟した社会で活動しているのだから、「家族で支え合って生きていく」のではなく、「社会で支え合って生きていく」というのを目指したい。

私は夫のことを「生き抜くためのパートナー」とは捉えていない。大事な人として純粋に関係を築きたいだけだ。

遠くの人、淡い関係の人を信じながら仕事をしていきたい。だから、仕事をしている夫のことを、私ではなく、社会の多くの人が支えてくれていることも、強く信じていきたいと思う。

秘密

「夫婦間に秘密を作らないこと」という箴言《しんげん》を聞いたことがある。

夫にはすべてを話す、という妻は実際に多いのではないか。

私たちの場合はどうだろう？　お互いにたいして複雑な生活を送っていないし、重大なものなんて何もない軽い人生を送っているので、問題になるような秘密は抱えていないだろうが、すべてを伝え合ってはいないと思う。

たとえば私の場合、自分の仕事の中で知った出版社さんや書店さんなどの情報や噂話は、なんとなく夫に話すのがフェアではないように感じられて、話さない。新聞やインターネットで知った情報だったら話すが、作家の仕事中に知った話を書店員の夫に流すのは駄目な気がする。あと、作家の友人と遊んでいると、個人的な話をいろいろ聞くことがあるが、夫には教えない。夫はとても口が堅いので、問題が起きることはまずないだろうが、仁義として言わない。

おそらく、夫も同じように考えていると思う。

「○○出版って、△△なんだってね」

とネットニュースなんかで知った話題を出すと、

「あ、知ってるよ」

と返してくることがあるので、仕事上で知り得たすべての話を私に伝えるのは良くないとどこかで規制をかけているのではないか。

あと、噂話が好きではないのだろうと思う。作家の噂話を滅多にしない。私の作家の友人が夫の店に来たことさえ私に言わない。それぞれの仕事関係、人間関係を大事にするため、どこかにきちんと衝立《ついたて》を作っておくべきだ、という考えが垣間見える。

それから、過去の恋愛や、現在の収入や支出についてもお互いに聞き合うことがない。聞くことによって二人の関係が良くなることはまずないと思うからだ。

なんとなくの月収は知っているが、雑誌等で本の紹介をしたりレビューを書いたりして夫が得ている臨時収入のことは知らない。夫も私の年収をぼんやり知っていると思うが、どの仕事でどれくらいの額が動いているかといったことは全然わからないだろう。

私は、嘘は苦手だが秘密はなんとも思わない。社会活動をしていれば、「一緒に社会活動をしていない人」に話さないことができてくるのは当たり前だ。

私たちの場合は、言わないことがあっても信頼関係を築けているように感じられるので、これからもすべては話さないようにしようと思う。

家は会社ではない

産休育休中の妻、あるいは、妊娠を機に仕事を辞めた妻に対して夫が、「今は専業主婦なのだから、家事や育児は妻の担当。自分は家族のために稼ぐ。分担して家庭を運営しよう」と考えてしまい、妻がそれをつらく感じて悩む、ということが現代の夫婦によく起こっているそうだ。

自戒をこめて、「それは夫側の考えを変えていった方がいいんじゃないか」と思う。家は会社ではない。

ただ、私も結婚当初は、この「夫側」に似た考えを持っていて、家を会社と同じようなものと捉えてしまっていた。「『私が結婚式費用を全額払うので、夫に準備をして欲しい』と最初に言ったのに、結局は私がほとんどの準備をしているのはなぜか」「生活費の大半を私が出しているのに、家事の多くを私がこなしているのはなぜか」「私だけ損をしている」と悶々《もんもん》とし、「分担したい」「負担をきちんと配分したい」といらいらした。

だが、よく考えてみたら、私は夫を金で雇ったわけではないのだ。会社だったら、社員に給料の分を働いてもらわなければ困る。各々の担当の仕事をこなし、会社の利益を皆で追求しなければならない。

だが、夫婦はただの人間関係だ。払える方が払って、やれる方がやればいい。夫婦なのだから損も得もない。「身体や精神が持たない」「物理的に無理だ」というのなら改善しなければならないが、「損をしたくない」というケチケチした考え方に囚《とら》われているだけなら、考えを捨てれば良い。そう気がついたら、私は楽になった。他人に「あなたが損をしている」「夫婦で分担できていない」と思われようが意に介さない。自分が楽しいと感じる結婚生活ができれば、それだけで幸せになれる。

私の夫は収入が少ないが、過酷な労働環境にいる。朝五時に家を出て、夜七時に帰る。休みは日曜日と隔週土曜。臨時の休暇は元日のみ。夏休み等の長期休暇はない。夫は家事への意欲を持ち、努力している。だが、時間的にも体力的にも限界がある。私も仕事に時間をかけているが、フリーランスなので、自分の判断で動ける。やれないことまでやる気はないが、やれることは楽しくこなしてしまおうと思う。

というわけで、稼いでいる側は、分担だの損だの、といった考えを捨て、無理のない範囲で仕事も家事も子育てもやってみたら、案外楽しくなるかもしれない。

夫は流される

出先で昼時になったので、通りがかりの商店街にあった釜飯屋《かまめし》の外観を眺めた。

「この鶏重《とりじゅう》がおいしそうだ」

夫がショーウィンドウを覗き込み、お重に入ったごはんに鶏の照り焼きと錦糸玉子が載ったものを指さす。

「私は五目釜飯にしよう」

頷《うなず》いてのれんをくぐった。

店内でメニューを広げてさらに検討していると、

「うちは釜飯屋だから、釜飯がいいよ。なんにしようと思っていたの?」

お店のおばさんがテーブルにやってきた。

「えっと、鶏重に……」

夫が答える。

「鶏重もおいしいけど、やっぱ釜飯だね。予算がどのくらいか知らないけど、千円くらいでしょ？」

おばさんが言う。

「はあ」

「だったら、この釜飯セットにしたら。釜飯にお刺身も付いてきて千円だから」

「釜飯だったら、あさりがいいかな」

夫が言うと、

「鶏釜飯もあるよ。鶏重にしたかったんなら、鶏肉が食べたいんでしょ？」

おばさんがメニューを指さす。

「はあ、そしたら、このセットで、鶏釜飯にします」

夫は注文した。

「私は単品で五目釜飯をお願いします」

私は言った。

おばさんが行ってしまってから、

「釜飯にするんだったら、本当はあさりが食べたかったんだけど……」

夫がつぶやく。

「じゃあ、『あさりにします』って言えば良かったじゃん。そもそも、『鶏重にします』ってはっきり言っても良かったんだよ?」

私は言った。

「でも、あの人がおすすめって……」

「後から人のせいにするんなら、自分で決めないと」

「そうか」

「次の正月に、『流されない』って習字で書きな。『初志貫徹《しょしかんてつ》』っていうのも書いた方がいい」

毎年二人で書き初めをしているので、そのときにそう書くよう夫に勧めた。

その後に出てきた釜飯セットと釜飯は、どうしてそうなったかわからないのだが、二つとも五目釜飯だった。しかし、夫は満足気で、

「おいしい」

と食べていた。

食べたいものを自分ではっきりわかったり、意見をきちんと伝えることができたりした方が良いに違いないのだが、それができる人ばかりではつまらない世の中になりそうだ。多様性を肯定するために、夫はこのまま流されていってもいいのかもしれない。本人はつらいかもしれないが……。

報告

「妊娠がわかりまして、長距離移動などができないのですが……」

最近、私も仕事関係者などにそう伝えた。

芸能人がFAXやブログで「ご報告」の題で世間に妊娠報告をし、「幸せです」と付け加えているのをよく見かける。「幸せです」のイメージを蔓延《まんえん》させるから、こっちは伝えづらくなるんじゃ、と思ってしまう。病気ではないのに、出張や残業、重い物を持つことを避けさせてもらう。肩代わりする方が、「幸せな人の仕事分をこちらが負担しなければならないなんて」と、ちらりと思ってしまうのは当然だ。

また、タイミングも難しい。俗に「安定期」と言われる五カ月頃に言うことが世間では多い。流産の報告はつらい、できたら流産後に妊娠の話をふられたくない、ということで、流産の可能性が高い「妊娠初期」は報告を控えるのが一般的なのだ。

ただ、私の場合は、流産後に、「早く報告すれば良かった。そうしたら仕事を、もっと上手くやれたかも。私は、『流産しまして……』と報告するのに抵抗を感じないし、その後に妊娠のことを聞かれても対処できそう」と思った。私がこう感じたのは、「流産は母親のせいではない。赤ちゃん側の運命として受精したときから決まっている場合がほとんどだ」という考え方を、少し上の世代が広めてくれていたからだ。私の母親くらいの世代はまだ、「流産は母親のせい。責任を感じて周囲に謝るべき」という意見を持つ人が大半のようだ。

上の世代が時代を進歩させてくれたのなら、私たちがもう一歩進めてもいいのではないかな、と思う。本当は、流産し易く、つわりのひどい、「妊娠初期」こそ仕事の仕方を変えたいところなのだ。「『妊娠初期』に妊娠報告ができるなら、仕事をしながら『妊活（妊娠するための活動）』をすることがもっと簡単になる」と感じている人はたくさんいるだろう。実際、私も、「妊娠したいけれど、大学で教えている間は急に休めないし言いづらいかも。大事な海外出張が控えている時期に妊娠するのは社会人として無責任かも。『妊娠初期』に周りへの配慮は頼めないから、もう少しあとのタイミングで妊娠できた方が、周囲の人たちに迷惑をかけないで済む」などと思ってしまっていた。そう考えることでもたもたして、「妊活」が上手くいかなかったり、高齢出産になったりする人は多いだろう。

妊娠のタイミングはなかなか図れないこと、流産の数はとても多いことなどがもっと一般的になって、流産報告が人からあまり驚かれなくなっていったら、「妊娠初期」における妊娠報告のハードルがかなり下がるのではないだろうか。

でも、もちろん、言いたくない人は言わなくていいんですよ。

高齢出産という言葉

私は三十五歳と五ヵ月で流産を経験した。そのときに、

「高齢出産は大変だよね」

「私の友だちも高齢で……」

と慰めてくれる方々がいた。優しい気持ちで言ってくれたことは重々わかっているのだが、少し傷ついてしまう自分がいた。

「もしも半年前に流産していたら、こうは言われなかったのではないか」と、つい思ってしまったのだ（出産予定日の年齢で高齢かどうかを判断するので実際にはもう少し前でないといけないわけだが、それでも、もしも今の自分が三十四歳十一ヵ月だったら言われなかっただろう、たとえ言われてもこんな風に傷つかなかったに違いない、と思えた）。

なぜ高齢だと言われて傷つくのか。それは、「自己責任だ」と指摘されているような気がするからだ。言った人はそうは思っていないかもしれない。でも、社会から、

「三十五歳までに出産をする努力をしなかった人を責める空気」を日々感じ取ってしまっている私は、その科白を聞くと、「自分のせいだ」と思ってしまう。

もちろん、私は、「高齢出産をしよう」と、それを目指して生きてきたわけではない。できるなら、若いときに産みたかった。しかし、「では、若いときの出産に向けて死にものぐるいの努力をしたのか？」と問われると、「死ぬほどには頑張らなかった」と答えるしかない。「ただ、結婚や出産って、実は様々な要素が絡んで成り立っていて、意外と自分でコントロールできないもののような気がするのですが、いかがでしょうか？」と反駁したくなりつつ、「だけど、『死ぬほどの努力をすれば良かった』と本当は自分でも思っています」と悔いる気持ちもあるから、他人の言葉にぐらぐらしてしまう。

流産してから一年半が経ち、再び妊娠をして、私は現在三十六歳、産むときには三十七歳になる。当たり前だが、やっぱり高齢出産だ。不安なことがいっぱいで、妊娠について、「わーい」なんて、到底思えない。

そもそも、高齢出産という言葉をどう使いたいと自分は思っているのだろうか。

もちろん、高齢出産は肯定的に捉えるべき言葉ではないだろう。私たちは、若いうちに出産できるような社会システムを作る努力をしていかなければならない。

ただ、若い人の妊娠でも流産や障害を持つ子の出産は多くあるので、年齢ばかりに注目するのは違うような気もする。

すでに年を取った妊婦として存在している自分が高齢出産という言葉を意識することによってプラスに働きそうなことはひとつもないなあ、と感じる。

少子化、妊婦高齢化対策

現代日本の妊娠出産シーンでは、三十五歳という年齢に強く濃い線が引かれている。ここ五年ほどで、雑誌やテレビなどで取り上げられるようになり、「三十五歳以上での出産を『高齢出産』と呼ぶ。卵子の染色体《せんしょくたい》異常による流産率や障害を持つ子の出産率が年齢とともに少しずつ上がる」といったことを、妊娠に興味を持っていない層も知るようになった。

そこで、国は女子向けの教材（二十二歳をピークに妊娠率が下がる、というような情報が書かれた冊子）を作るなどして、女性教育に力を入れるようになったそうだ。

しかし、女性への教育を怠ったから高齢出産が増えたのだろうか？　そもそも、女性が「産みたい」という意志を持ったら、ひとりでも妊娠ってできるものなんだったっけ？　私は二十代の頃から、「ひとりででも産みたい」と思っていましたが、産めなかったですよ？　それに、精子も老化するんですよ？「男性の場合は個人差が大きいから」って、女性だって個人差があるのですが……。

子どもを持たない理由を問う多くのアンケートで、「経済的な理由による」が第一位になっているのに、どうして国は、「女性の無知がメインの理由」と認識しているのかな、と首を傾げたくなる。

妊娠の高齢化を防いで、少子化に歯止めをかけたいのならば、「みんなで同じタイミングで進学して、就職して、休まずにキャリアを築こう」という暗黙の了解をなくし、「何歳からでもキャリアを築ける」という社会に移行していったらどうだろうか、と私は思う。不況の現代日本では、三十年前のように大黒柱ひとりで家族の生活費や教育費を稼ぐことが難しくなった。経済的な問題をクリアするためには意識を変えなければならない。働きながらの子育てをポジティブに捉える空気が生まれれば、解決することがたくさんあるだろう。

また、とても若い年齢での出産や、未婚での出産に偏見を持たないことも大事に違いない。「二十二歳をピークに」と書いたものを配る国だが、仕事のキャリアを築く前での出産や子育てを応援しているようには感じられない。ダブルスタンダードではないのか。子育て中、あるいは子育て後にもキャリアを築けるようになれば若い人が子育てをし易くなるだろう。

そして、「すべての人が同じようなタイミングで同じようなことをする人生」を求める空気がなくなっていけば、少子化は収まっていくのではないだろうか。

出生前診断

「出生前診断」という言葉が、このところ新聞によく載っている。現在では、胎児《たいじ》の染色体について調べ、ダウン症候群などの診断を行うことについて指すことが多い。陽性の診断後に堕胎《だたい》を選択する人がいることから、命の選別に繋がるのではないか、といった倫理上の問題が議論されている。

結婚当初に、ふと思いついて、

「もしも、子どもを授かったら、障害のあるなしに関わらずかわいがろうね」

何気なく私が言ったら、

「うん。うちの店に素敵な親子がよく来るんだよ。あんな風になりたいな」

と夫が答えたことがあった。だから、受けないと言うだろうな、と思いつつ、

「出生前診断っていうのがあるでしょ？　どうする？」

と尋ねたら、案《あん》の定《じょう》、

「受けなくていいんじゃない？」

とのことだった。私も同意見だ。

もちろん、受ける方を責める気持ちはまったくない。他の人に自分たちの意見を押しつける気は毛頭ない。様々な考え、いろいろな事情があるに違いない。

私たちの場合についての話にすぎない。私個人の考えを書く。

障害を持つ子は、他の子よりも税金から多くの援助を受けて大人になるだろうし、私たちの死後は他の方に助けてもらうだろう。

ただ、私は、「弱い子ではなく強い子を産まないと周りに迷惑をかける」という考え方に違和感を覚える。戦後の引き揚《ひあ》げのとき、病気の子は周囲の人の足手まといになってしまうから、という理由で、自分の子に「ごめんね」と言いながら手をかけた母親がいた、という話を新聞で読んだ。「周りに迷惑をかけないように」という発想は、「戦争中っぽい考え」のように私には感じられるのだ。

弱い子を大事にしてこそ、平和で豊かな社会を築けるのではないか。

私は、「自己責任」という言葉も嫌いだ。でも、仕方ない。検査を受けないと決める、高齢出産を決める、だから親に責任がある、と非難されるなら受けよう。だからどうした。じゃあ、責任は私にあるということで結構。責任の所在がどうであろうと、私は迷惑をかけたりかけられたりしながら作る社会を肯定したい。

買い物につき合う

夫のスニーカーがぼろぼろになっていたので、新しいものを私が買ってあげることになった。

吉祥寺へ出かけ、デパートに入る。

「あ、これ、格好いいよ」

私が手に取ると、

「ちょっと違うなあ」

夫は首を傾げる。

「どこら変が違うの？」

と尋ねると、

「ぴんと来ないんだ」

首を振る。

店内をゆっくりと一巡し、私は次々と靴を指さしたが、どれも「ぴんと来ない」と言う。別の店へ移動することにした。

「どういうのがいいのか、ポイントを三つ挙げてよ」

歩きながら尋ねると、

「えっと……、赤と黒がいいかな。……あと、ムレないといいなあ」

本当は何も考えていなかったらしく、絞り出すように答えた。

「①色は赤と黒、②通気性に優れていること。二つしかない。あと、一つは？」

「えっと……」

三つ目は出てこなかった。

次の店に行き、

「これ、赤と黒だよ」

と靴を手に取ると、

「うーん」

と首を傾げる。

三店目でやっと選んだスニーカーは、青だった。

今回はこれでも、私が買うということで、気を遣って早めに決めてくれたのだと思う。前にショルダーバッグを自分で買い換えたときはもっと大変だった。何かの用事で一緒に出かける度に、「この街にあるかもしれない」とバッグ屋に立ち寄る。だが、良い物がなく、選ぶポイントは謎のままで、買うまでに半年以上かかった。

「一緒に買い物すると、すごく疲れるな。長考するのはいいんだよ。でも、建設的な会話にならないと、こっちは張り合いがないでしょ？　たとえば、『これがいいんじゃない？』って言ったら、『いいんだけど、ここの形がこうだったら、もっといいなあ』って返ってきて、なるほど、ってなる。そうやって欲しい物の在り処《ありか》をせばめていって探すから、買い物は面白いんだよ。漫然と買い物するなら、今度からは、お金だけあげるから、ひとりで行きなよ」

帰ってから、私はソファでぐったりして言った。夫は笑っていた。

私には夫がなぜこのような買い物の仕方をするのかわからない。私が自分の物を買うとなったら、まず理想のものを頭に浮かべ、事前に雑誌やインターネットで情報を集め、店で品物を見たら試着し、ぱっと決める。ああいう風にしては、買い物の楽しさが半減していると感じられる。だが、世の中にはいろいろな人間がいる。私にはよくわからないが、ああいう風にした方がいい理由も、きっとあるのだろう。

弱く優しい男の価値

夫は、ひょろひょろしている。背が高いが、かなり痩せていて、猫背だ。運動神経はあまりなさそうに見える。垂れ目で、眼鏡をかけていて、細面で、いかにも文化系の、優しそうな顔立ちだ。声もほんわかしていて、性格も柔和《にゅうわ》で、人とケンカなど絶対にしない。

「もし、昔みたいな戦争が起きて、徴兵されたらどうする?」

と尋ねたことがある。

「逃げる」

夫はきっぱり言った。それがいい。夫は真っ先にやられそうだから。そうでなくても、上官にいじめられそう。なんにせよ、軍隊の中で才能が発揮されるなんてことは絶対にないと思う。

私からはわからないのだが、夫は若いときに病気を患《わずら》い精神科を受診し、現在も服薬を続けている。今はまったく症状がない。でも一応、私の父に、夫がその話をしたことがある。

「最近はみんな多かれ少なかれ心の病気を持っているんだよ」

と父は言った。それが夫には嬉しかったそうだ。

こういう価値観を大事にしていかなくちゃな、と私は思う。

強い男にこそ価値があるとか、家族を守らなければならないとか、夫が思わないようにしないといけない。

それから、家族に帰属している、という意識も抱いて欲しくないな、と思っている。家族や国に帰属しているという意識を持つから、個の感覚が薄くなって、「国のために、家族のために、戦争に行かねば」と思ってしまうのに違いない。

帰属なんてしなくても、国を愛せる。家族も愛せる。私は、夫に守ってもらいたいなんて、露《つゆ》ほども願っていない。大事に思ってもらって、丁寧に接してもらえれば十分だ。子どものことも、大事に、そして小さくてもひとりの人間として丁寧に接すれば、「守る」なんて意気込まなくても、育てられると思う。

弱く優しい男を肯定することが反戦に繋がるような気がするから、私は夫をこの先も大事にしていこうと思う。

親になる

「もう父親になるんだから……」

つい言ってしまって、はっと反省する。父親ではなく、親でいいではないか。

「いや、違った。一緒に親になろうね」

と言い直す。

父親と母親が違うものだとは私には思えない。父親だけに育てられる子もいれば、母親だけに育てられる子、同性の二人の親に育てられる子、親代わりの人に育てられる子、祖父母に育てられる子、施設の人に育てられる子、三人の親に育てられる子、世の中にはたくさんの子どもがいて、様々な親によって成長する。父親と母親がいる、というパターンを「普通」とするのはおかしい。「普通」を設定すると、「異常」ができてしまう。「異常」な親子なんていないのだから。

「イクメン」という言葉が生まれて久しいが、最近では、「イクメンではなく、父親でしょ?」という意見も出てきたらしい。私としては、父親でもなくて、「親になる」というだけでいいんじゃないか、という気がしてきた。

産むことと乳をやることは現代医学においては「母親」と呼ばれる人にしかできないが、他のことは、親になる自覚を持っている人ならば誰にでもできる。

父親の威厳がどうの、父親の背中がどうの、と昔は言われていたが、威厳や背中を見せるのは母親にもできる。それに、すべての男性が威厳を持っているわけではない。そもそも、家長制が廃《すた》れた今の時代に子どもに対してえらそうに振る舞う必要なんてないのではないか。叱って躾《しつけ》をすることと、えらそうにして上下関係を植えつけることとは別だ。上の立場に立たずとも、きちんと叱ることはできると思う。

親になる夫に対し、父親になることは求めない。私も、母親にはならず、親になる。

世の中には、「母親だからこそできる……」「いそがしいお母さんのための……」といった言葉や商品が溢れているが、それを私が人に伝えるときは、「親だから」「親のための」と言い換えて表現することにした。

家族は会社ではないのだから、誰かが役割に就いたところで機能しないと思う。

実際にはまだ親になっていないので、私の考えは甘いかもしれない。でも、できるだけ「父親」「母親」という言葉に縛られず、この先も自分たちらしくやっていきたい。

蕎麦屋やレストランで

「お蕎麦屋さんの店員さん、僕たちを良く思っていなさそうだったよねえ？」

背伸びしておいしい蕎麦を食べたあと、駅までの道を歩きながら夫が笑った。

「気のせいじゃない？」

笑いながら返し、でも、俯《うつむ》く。マナー違反や失礼な振る舞いはしていないはずだ。むしろ、「おいしいです」とにこにこ食べた。でも、見た目が通《つう》っぽくない自分たちだから、「蕎麦のことを知らない駄目な客」と思われたのではないか。

私は、おしゃれなレストランでも何度か同じように感じたことがある。

夫は社会的ステータスの低そうな見た目だ。

また、文章を読んでくださっている方は、私を「気の強い人」と捉えているかもしれないが、普段の私には声や雰囲気などの要素もあるので、「ほんわかした主婦っぽい人」に見えていると思う（初対面の方や店員さんなどと接するとき、自分がそう見られているのを感じる）。性格は人見知りで気が弱い。

こういう外見の二人組だから軽く扱われているのではないか。

私は仕事で編集者さんにごちそうになる機会がたまにある。編集者さんは高収入高学歴で場数を踏んでいる方が多い。そんな方が、作家を立ててくださる。そのため、お店の方も地味な私に丁寧に接してくれることになる。

そういうときと夫と出かけるときとでは店員さんからの接しられ方が随分と違うな、とよく感じるので、気のせいではないのではないか。

それで、結婚当初は、夫にマナーやおしゃれの勉強をして欲しい、一緒にでかけるのが恥ずかしい、出かけるのを控えた方がいいかも、とまで思ってしまった。でも、経済力や経験が足りないだけで、マナーを守りたい気持ちがあり、せいいっぱいおしゃれをし、食事を楽しむ、決して失礼ではない夫を卑下《ひげ》する必要があるのか。私自身も、勉強不足で、マナーが不完全で、残念な見た目だが、だからと言って家にこもるべきとは思えない。人からの接しられ方は変えられないが、自分たちが卑屈になることはない、と気がついた。

私はエスコートしてくれる人が欲しくて結婚したのではないのだ。社会的ステータスの高い客を接客業の方が大事にするのは当たり前だし、そういう店はあきらめる。

自分たちに優しく接してくれるお店だって他にたくさんあるし、食事を楽しむ方法はいっぱいある。やっぱり、胸を張って堂々と、夫とでかけよう。

本人には会いたくない

喫茶店を出るためにドアに向かって歩き出したとき、カウンターの席で文庫本を読んでいる女の人が目に入った。どうも装丁に見覚えがあるな、と思ったら、私が書いた『指先からソーダ』というエッセイの本なのだ。

「あ」と思って、会計をしようとレジの前に並んでいる夫の背中をとんとんと軽く叩いた。振り返り、「あ」という顔を夫もしてくれる。

店を出たあとに、

「自分が書いた本を人が読んでくれているところを偶然見かけるのは初めてだ。ものすごく嬉しい。ひとりで机の前でやっていたことが、世界と繋がったような……」

高揚して話すと、

「声をかけなくて良かったの?」

と夫が聞く。私は首を振った。

お礼を言うのが筋という考え方もあるかもしれないが、本は作者のものではない。

読んでもらえたら、もう本は読者のものだ。

私にも愛読書はたくさんある。だが、「その作者に会いたいか？」と尋ねられても、すぐには頷けない。微妙なところだ。何を話して良いかわからない。それに、作者と話したら自分が頭の中に作っていたものが壊れてしまいそうだという不安もある。テキストはテキストのみで完成しているから、作者の頭の中はあまり覗かない方がいいのではないか、という気がする。だから、私の本を読んでくれている人を、私が邪魔してはいけない。

それと同じように、もしもこの『かわいい夫』を面白く読んでくれた人がいたとき、できるだけ余計なことを喋らないようにしようと思う。こうやってエッセイにはなんでも書いているが、普段の私は結婚や妊娠のことをあまり人に話していない。まず、喋り言葉だと、話が面白くならないということがある。間合いだとかトーンだとか表情だとかが下手なのだろう。でも、書き言葉で句読点《くとうてん》を打ったり、平仮名や漢字を選んだりは、自分にすごく向いている気がする。

それから、「夫のことが魅力的に書けているといいな」と願っているのだが、「実物の夫が他人にとって魅力溢れる人物かどうかはわからない」とも思う。そして、実物の私には魅力がない。私は文章にだけ自信を持っている。私としては、「私にとっての夫を私らしい文章で表すと面白くなるはず」と考えているだけなので、「読者の方が実際の私や夫に会うと、がっかりするだろうな」と思っている。

個性のない夫婦の何事も起きない日常でも、エッセイにすれば読んでもらえると考えたのは、ひとえに文章というものの力を信じただけなのだ。

両親学級

通っている病院で両親学級なるものが行われたので、夫と共に出かけた。

日曜日だったので、ぎっしりと聴衆がいた。栄養士さんや保健師さんや助産師さんなどが、妊娠中の生活で気をつけるべきことや出産がどのようなものかといったことについて話をしてくれる。

聞きながら、私は自分の手帳に細々《こまごま》とメモを取った。夫も、ショルダーバッグから自分のノートを取り出した。

夫のノートは無印良品のものと思われるよくある普通のノートだったが、表紙に「デスノート⑨」と黒いサインペンで大きく書いてあった。個人的なものだろうから、と私は遠慮し、これまであまり中を覗かないようにしてきたのだが、おそらく仕事のアイデア（こういうフェアをやろう、だとか、こういうPOPを書こう、だとか）や、日常における思いつき（十月は頑張ろう、など）を記録しておくためのノートだ。これまでも、電車の中で突然「デスノート」を取り出して何かを書きつけるシーンを度々目にしてきた。「デスノート」というタイトルに意味はないに違いないが、本人は面白いと思っているのだろう。九冊目に入っている。

嫌だな、と私は思った。電車の中では気にならなかったが、病院でこのようなノートを出されると、不真面目な親だと周囲の人たちに捉えられるのではないか。

また、悪いとは思ったが、夫がノートを開くと、ページが自然と目に入った。そこには、

「無限の自由を手に入れろ！」

と、するどい字で書かれてあった。夫のメンタルが中二っぽいことには以前からうすうす気がついていた。普段の生活では支障がなかったので放置してきたが、このとき初めて恥ずかしく思った。ノートを閉じて欲しかった。だが、夫は、「無限の自由を手に入れろ！」という文章に続いて「①安静あるいは適度な運動（人による）②食事（みんな）気をつけるのはこの二点……」といったメモを始めた。

あとで聞いたところ、とある本を紹介するPOP用の文章として考えていたものらしい。だが、出産を、「無限の自由を手に入れろ！」と捉えているみたいで非常に嫌だった。

帰り道

両親学級の帰りに、ラーメン屋に寄った。「食事に気をつけるのが大事」「塩分を控えめに」という話を聞いたばかりなのに、非常に意識の低いことだ。ただ、前日に読んだ本でモデルの菊池亜希子さんが紹介していた店なので、どうしても行ってみたかったのだ。

行列ができていたので並ぶと、前の二人組も同じ両親学級に出ていたご夫婦のようだった。

「あ、同じですね」

と奥さんが振り返り、病院でもらったビニール袋を持ち上げて、声をかけてくれた。感じの良い、私と同じくらいの年齢の人だった。

「はい」

とにっこり笑う。

店内に案内されると、大きなテーブルの向かい合わせの席になった。

「生まれるの、いつぐらいですか？」

と予定日を尋ねられる。教え合うと、同じくらいの時期だった。

夫はすぐに人と打ち解け合おうとする性質なものだから、「この店は菊池亜希子さんが紹介していた」（誰ですか？　と返され通じていなかった）だとか、「かき氷が大きそうだから食べられるかな」（この店はラーメンとかき氷という異色の組み合わせが売りの店なのだ）だとか、向かいのご夫婦に話しかけ出した。ご夫婦はにこやかに会話をしてくれる。奥さんは私に、「担当の先生はどなたですか？」「野菜ってどれくらい食べていますか？」「入院の部屋ってどれにしますか？」と尋ねる。

前のご夫婦の方が先に食べ終えたので、

「また、どこかで」

と手を振って別れた。

帰り道で、優しそうな人だったのでまた会えたらいいな、そしたら連絡先を交換したりするのかもしれないな、とぼんやり考えた。ただ、もう会えないとして、他の同い年くらいの「情報交換できそうな人」と友だちになりたいか、と考えてみたところ、それはいいや、と思えた。

情報交換をするための友だち作りを否定するつもりはない。でも、私の場合は、そういうのが向いていないような気がする。夫に対しても、「人生や仕事を支え合うために夫婦になる、というのは違う」と思っているし、作家友だちにも「同じ職種だからって情報を得るための会話ばかりするのは避けよう」と思っている。そうするべき、と決めているわけではないが、自分の憧れとして、「ギブアンドテイクではない、ただの人間関係」というのがあるのだろう。

人脈はいらない

子育てに関する話題で、「ママ友」「パパ友」という言葉を耳にすることがある。仕事に関する話題で、「人脈」という言葉を聞くことがあるが、あれと似ているのではないか。友だちとは別のものだろう。

想像するに、昔は結婚も人脈作りだったのではないだろうか。生きることに必死にならなければ生き続けることができなかった時代では、より良い生活のために婚姻《こんいん》関係が結ばれた。男性でも女性でも、結婚相手によって、自分の生き易さが決定することが多々あっただろう。結婚相手の家族や親戚に社会的な有力者がいれば、自分の生活が安定したり、自分の仕事が発展したりする。だから、姻族と良い関係を築きたい、という考え方があったに違いない。あるいは、有力者がいないとしても、困ったときに助けてくれるのは家族や親戚だけだと想定されるため、とりあえず関係を良好に保つ努力をし続ける、ということが行われたのではないか。

しかし、現代では社会が成熟し、少しずつ、人脈を作らなくても生きていけるようになってきている。金の流通によって見ず知らずの人に助けられながら生活できる。本やインターネットの発達によって遠くの人から情報を得ることができる。また、家電の普及で家事に使う時間が減り、医療のおかげで寿命が延び、余暇《よか》ができ、生活のためではない人間関係を作る余裕が生まれた。

自分が生き続けるために誰かと繋がる必要がなくなったのだ。単純に「相手を好きだから」と結婚したり友だちを作ったりできるようになった。

たとえば、今、ありがたいことに私にはそれなりの経済力がある。「自分の生活のため」「子どもを守ってもらうため」といった理由で夫との関係を維持していく必要がなく、夫と向かい合うときに、純粋な人間関係作りに向かって一所懸命になれる。

友だちを作るときも、これまでよりも「いいもの」を求められる時代になってきているのではないだろうか。自分にプラスになるものを得るために友だちを作る時代は終わった。連帯して大きなものに立ち向い、自分の生活を守るというのは終了だ。「人間関係ってなんだろう」とまっすぐな問いを抱いて、本当の友だちを求めていくことができる時代が始まったのだ。

オーダーが通らない

夫はとても感じが良い。

そのため、レストラン等でのオーダーは夫にしてもらうことが多い。

「ジーマミー豆腐と、海ぶどうと、ラフテーと、ソーミンチャンプルーをください」

夫はにこやかな表情で、さわやかな口調で、店員さんに伝える。

だが、最後の料理、ソーミンチャンプルーを食べ終えてから三十分ほどが経った。

「ラフテー、来ないね」

私はつぶやく、

「うーん。もうちょっと待ってみよう」

夫が悠長《ゆうちょう》に言う。

「しかし、おかしいな。普通はソーミンチャンプルーの方が後に出てくるような気がするから、ラフテーは通っていない可能性が高いと考えられるな」

尚も私が言うと、

「すみません、ラフテーって……」

夫がやっと聞いてくれる。

「あ、申し訳ございません。オーダーが通っていなかったものですから、今すぐお作り致します。大変失礼しました」

店員さんが謝ってくれる。

こういう具合に、夫が行《おこな》った注文が忘れられていることは、しょっちゅうある。夫が言うには、ひとりで行くラーメン屋や天丼屋などでも頻繁にあるらしい。注文を忘れられてしまった経験は誰にでもあるだろう。私にもある。しかし、夫ほどの頻度《ひんど》では起こらない。

「感じはいいけど、記憶に残りにくい声なのかもね」

私は指摘した。

「どうしたらいいんだろうか」

夫はそう言うが、さして悩んではいなさそうだ。

「もっと区切って言うようにしたら？　ジーマミー豆腐をひとつと、すうーっ、海ぶどうをひとつと、すうーっ……、ってひとつひとつ呼吸を置いて、指も『ひとつ』って見せるようにしたら？　『以上、四点をお願いします』って、最後は指を四本見せるの」

私は提言した。

「うーん、そうかな？　ラーメン屋とかでは、怖い人がした注文の方が早く出てきているような気がする」

夫が言う。確かに、夫は後回しにしていい存在だろう。迫力も、存在感もない。

「じゃあ、そういう星の下に生まれたと思うのがいいかもね。他の人に先にごはんを譲る人、ということで。思い通りの食事ばかりする人生もつまらないしね」

私は言った。

ピクニック

外国の映画の中に、公園の芝生の上に寝転がりながらサンドウィッチを食べたり本を読んだりするような日曜日を過ごす人々がよく出てくる。

そうだ、ああいう風に私たちも過ごそう。金がない上に、妊娠中で遠くに出かけるのが憚《はばか》られるようになり、このところ、近場で楽しむ方法を模索していた。家から歩いて行けるところに大きくて自然がいっぱいの公園がある。そこへピクニックに出かけよう、と夫を誘った。

油揚げを甘く煮てお稲荷《いなり》さんを作り、鮭とアボカドを入れて太巻きを巻き、酢漬け胡瓜《きゅうり》を切り、夫には玉子焼きを作ってもらい（夫の玉子焼きはいつも美しい）、タッパーに入れて新聞紙で巻き、エコバッグを提《さ》げて勇んで出かけた。

芝生の上にレジャーシートを敷いて、木漏《こも》れ日《び》を浴びながらお弁当を食べると、とても気分が良くなった。

秋の日差しは柔らかい。フリスビーをするカップルやサッカーボールを蹴り合う親子をきらきらと縁取っている。

食後に、各自持って来た本をそれぞれの鞄から取り出し、寝転がって読み始めた。

夫は、コンビニで買った廉価《れんか》版のSF漫画をめくる。ボール紙のような装丁、再生紙らしき本文紙の、あれだ。

二人で寝転がると、本の表紙が周囲の人に丸見えになる。

「なんでそれを持ってきたの？　昨日の夜は、ベートーヴェンの音楽について書かれた新書を読んでいたでしょ？　あれを持ってくれば良かったのに」

私は起き上がって、夫の持っている本を批判した。

「本当にそうだなあ。つい持ってきちゃった。……でも、その本も、今回のコンセプトに合うかどうかで言うと、どうだろう？」

夫は私の本を見る。私は村上春樹のエッセイを持ってきた。

村上春樹は偉大な作家だ。しかし、ベストセラー、それもエッセイ、というのは、確かに「理想のピクニック」にはそぐわない。マイナーな翻訳小説を持ってくるべきだった。

そう考えていくと、サンドウィッチを作って、お弁当箱ももっとかわいいものにして、籠に入れて持ってくれれば良かった。

さらに考えれば、このように「周囲からどう見られるか」を気にしてピクニックをしている精神こそが一番格好悪かった。

タリーズコーヒーで待ち合わせ

夫は雑誌の棚担当になり、朝五時に家を出て、夕方七時頃に帰ってくるようになった。早くに出社する理由は、毎朝たくさん届く雑誌をひとりで棚に並べなければならないからだ。大変そうだが、夫の話を聞いている限りでは、棚に雑誌を並べる作業を本人はかなり楽しんでいるらしく（確かに、様々な雑誌をどのように並べるかを決めるのは、神の行う世界作りみたいだ）、つらいのは早起きというポイントだけのようだ。早番のみにシフトが固定され、日曜と隔週土曜が休みとなった今は、健康的で、世間のリズムと合い、メリットがいろいろある。

でも、夫が文庫の棚担当だった頃は遅番があり、昼頃に家を出るときは駅までの道を散歩がてら私も歩いていき、改札で手を振った。午前中に一緒に美術館へ出かけてから出社することもあった。あるいは、早番で朝七時に出るときでも、お弁当を作って家のドアまで見送っていた。あの頃は楽しかったな、と思い出す。異動のあと、朝五時に出る夫を見送ったら、昼に眠くなって仕事にならなかった。もう見送りはできない。

ただ、私の職種は移動ができる。

私は駅前にあるタリーズコーヒーにラップトップパソコンやゲラを持っていって仕事をすることがある。待ち合わせを想定して造られたと思われる店内では、ガラス張りのカウンター席から改札が見える。改札から流れ出てくる人の群れにときどき目を遣りながら、黙々と仕事をする。

夫が現れると、無性に嬉しくなる。

スーパーマーケットで夕食の買い物をしてから、家まで十五分歩く。

「今日、どうだった？」

私たちは重要な事柄や仕事についてはあまり話し合わないので、話題はいつもくだらない。

私も夫もいつか死ぬ。こんな風に待ち合わせしてばかな雑談をして帰ることができるのがあと何回あるのかわからない。

待っていても夫が帰ってこない、という日がいつかは来るのだろうな、と毎日のように思う。

ソーダ書房

「ソーダ書房」というユニットを夫と組んでいる。私の筆名にコーラが入っているので、書店名にはソーダを入れたいと考えた。

いつかリアル店舗を持ちたい。夫が定年になったら、どこかさびれた町に、小さな本屋さんを作る。壁に水色の水玉模様を描いてソーダっぽくしよう。

私はおばあさんになっているだろう。店番をしながら執筆する。

夫はときどき朗読をすると良い。近所の子どもたちに向けて読み聞かせ会を開くのも素敵だろう。夫は子どもに人気があるので、面白くなるに違いない。

現在、ソーダ書房がどういう活動をしているかというと、ほとんど何もしていない。ただ、ときどきフリーペーパーを作る。

夫は書店員なので、自分の店に置くためのフリーペーパーをよく制作している。新刊の応援のためだったり、書店員のただの雑談だったり、いろいろだ。大抵は、A4の紙に白黒の両面コピーをして四つ折りしただけのものだ。

それで、私の新刊が出るときに、奥付に「発行元　ソーダ書房」と入れて、私がエッセイを書いたり、イラストを描いたりするフリーペーパーをときどき出すようになった。

最近、小説の新刊が出たので、ソーダ書房のフリーペーパーをまた作った。

「漫画を描いてください」

という依頼が夫からあったので、初めて漫画というものを描いた。あまり小説には関係のない、おばけの漫画にした。販促活動で顔出しをすることを極力控えようと思い始めた今（容姿の悪い作家が表に出ることにメリットを感じなくなったため）、こういったことができるのはありがたい。

ここ数年の間に、私が書く本は売れなくなり、書評が出たり評価されたりといったこともなくなってしまった。出版を「恥ずかしい」と感じるようになった。本を出せば、急激な右肩下がりの自分の現状があからさまになる。出版社をがっかりさせることにもなる。昔はあんなに楽しかった出版の作業が、いつしか怖いだけのものになっていた。

だが、最近、ふっきれた。

「少部数の本だって、多様性の肯定のために世の中に必要だ」

と夫が言って、納得した。たくさん売れなくても、評価されなくてもかまわない。とにかく、いい本だと自分が思える本を、責任を持って出す。販促活動は、無理せず、自分らしい方法のみでやる。そして、文学シーン全体を盛り上げたり、他の本を応援したり、文学史をみつめたりする活動を並行してやる。

作家の仕事は「自分の本をたくさん売る」ということだけではない。ソーダ書房で、作家の仕事の可能性を追求していきたい。

泣く

夫は泣く。言葉が上手く出てこないとき、代わりに目から水が出てくるのだろうと思われる。

私は夫に比べると弁が立つので、結婚当初は度々夫を泣かせてきた。最近では私が泣かせることは少なくなったが、何かが起きたときに、私が泣かずに、夫が泣く、ということはよくある。

私だってかわいそうだ、と私には思える。どう見ても私が困っていたり私が窮地《きゅうち》に立たされていたりして、夫には特にマイナスなことがない場面でも、私が夫を責めて泣かせているような状況になってしまう。

「どうしよう……」

と私が自分の問題について悩んでいると、

「僕がちゃんとしていないせいだ」

と夫がいつの間にか自分の話にすり替えて泣き出す。

流産をしても夫が泣く。私は手術代を出して手術台に乗って夫をなぐさめる作業もしなければならない。「夫には確かに精神的な負担があるかもしれないが、経済的肉体的負担はないのに……」と私からは見えてしまった。でも、「妻には肉体的負担があるから、夫が経済的負担をして分担する」という役割遵守《じゅんしゅ》の夫婦が自分の理想なのかと問われれば答えは否《いな》だ。やっぱり、私たちの場合は、これで良いのだと思う。それに、このような夫婦であるからこそ私が得られたものが確かにある。

それから、私の仕事が上手くいかなかったときも、夫が泣く。

野球選手が、

「自分が不調のときも、僕の妻は平常心で、普段通りに接してくれて助かった」

とインタビューで答えているのを見たことがある。そして、その後に選手が好調になると、妻は「あげまん」と周囲から言われる。

私は結婚当初、夫にあの「妻側のような存在」になって欲しい、と思った。私の友だちでも、何かあったとき、「にこにこして、『次があるよ』と言ってくれる夫に支えられた」という人がいる。その友人はあっという間に上昇気流に乗った。だが、私の場合は、何かあったときには夫が泣き出すので、私は、「ああ、やっぱり、駄目なんだ」

という気分になってしまう。実際、私は結婚してから、スランプに陥り、出す本の部数は減り、評価されることもなくなった。私が不調のときも、夫はにこにこして私の仕事を信じてくれたらいいのに……。そう思ってしまった。

しかし、今はそう思わない。夫は夫らしいやり方で私を応援してくれている。「他の人みたいに、夫役をやってくれ」と要求するのはばかばかしい。

それに、仕事が上手くいかないのは私個人の問題だ。

これからは、耐えきれず泣いてしまう夫をそのまま受け止めようと思う。

「女の人にはかなわない」なんて

夫っていいな、と私が思うのは、「男は」と言わないところだ。必ず、「僕は」「僕だから」と話す。そして、私のことを指摘するときに、「女性は」と言ったことが一度もない。

他の人が、「男なんてさ」だとか、「女というものは」と話しているのを聞いたときは、べつに意見したいともなんとも思わない。そういう価値観が世の中にあるのは当然だ。様々な人がいるから社会は面白い。

ただ、私の場合は、「性別でくくられるのはつらい」と感じる心があるので、身近な夫が言わないでくれるのが助かるというだけだ。

出産や子育てについての雑談で、

「女の人にはかなわない」

「女の人はすごい」

「男にはわからない」

という科白を聞くことがよくある。発言している男性は、「女の人を褒めて、男を卑下しているわけだから、それで女性が傷つくわけがない。むしろ、女性は喜んでくれるはずだ」と思っているように見える。

確かに、「女の人にはかなわない」と言われることを嬉しいと感じる女性もいるのに違いない。

でも、私は傷ついてしまう。

もしも将来に医学が進歩したら出産だって男性でもできるようになるだろうし、今も子育てに男女の能力差はないように私は思う。

以前、トークショーをした際、質問コーナーで、

「僕は女性の方が知的だと思うんです」

と年配の男性がおっしゃった。嫌な気持ちになったわけでは決してないのだが、その方が「女性を褒めれば、ナオコーラが喜ぶ」と信じていらっしゃるように見えて、どう反応していいのか戸惑ってしまった。性別についての小説やエッセイを書くと、「男性よりも女性が強いと主張したい」「女性の素晴らしさを書きたい」とこちらが考えているかのように誤解されがちだ。自分としては、そのように書いているつもりはないのだが……。もちろん、誤解が生まれるのは、私の筆力のなさが問題なのだ。精

進しなければならない。

私としては、「女は男より上」だなんて、絶対に言いたくないし、書きたくもない。私は、性別でカテゴライズされるのがつらいだけなのだ。どっちが上でどっちが下かといった問題には興味がないし議論したくもない。

結婚に関しても、「妻の方が夫より上」だなんて決して思っていない。上か下かなんてどうでもいいのだ。「夫だから」「妻だから」ということに、私たちの場合はあまりこだわっていない、というだけなのだ。

夫の料理

減塩レシピの載っている冊子を病院からもらった。

すると、夫はその冊子を見ながら、減塩メニューを作ってくれるようになった。鰯《いわし》の香味焼き、セロリ入り麻婆豆腐、チキンライス……。

随分と料理の腕が上がったなあ、と感心した。

結婚する前、夫はほとんど料理ができなかった。本を見ながら料理をするとき、大さじ小さじの意味がわからず、カレースプーンやティースプーンでやり始めたので、

「そういう器具があるんだよ」

と教えたら驚いていた。家庭科で習ったはずだが、きっと、「自分に料理は無縁」と思ってスルーして生きてきたのだろう。だが、

「結婚するなら、料理はできるようにならないと……」

私が言うと、真面目な夫は本を買ってきて勉強を始めた。夫に台所を任せると、私

なら二十分で作る料理に、二時間ほどかけていた。私が雑で、夫は丁寧、ということもあるが、私からはもたもたして見えた。冷蔵庫の中のもので作る、だとか、組み合わせを考えて主菜と副菜をいくつか作る、だとかは難しいようで、一品だけの料理に時間もお金もかかって非効率だと最初は思えた。でも、長い目で見て、できるようになってくれるのを待とうと思った。

結婚してすぐの頃、私が風邪を引き、駄目元で、

「ピータン粥《がゆ》が食べたい」

と言うと、夫は買い物に出かけてくれた。スーパーで、「ピータンはどこですか？」と店員さんに尋ねると、目の前の棚にある玉子を指さされてびっくりしたという。これまで中華料理屋で何度もピータン豆腐を食べてきたのに、ピータンが玉子だということを知らなかったらしい。

「キノコかなんかだと思っていた」

「じゃあ、キクラゲは？」

「クラゲでしょ？」

なんにも知らないんだなあ、と思ったが、それでもピータン粥は作ってくれた。

そのあと、夫はどんどん料理ができるようになり、今ではしょっちゅう台所に立つ。

私の誕生日には、ちょっといいものを作ってくれる。これまでも、パエリヤやカレーなどを出してくれた。今年は、色とりどりのサンドウィッチだった。ぺしゃんこだったが、ケーキも焼いてくれた。

葬式はなし

結婚式をしたときに、「自分はおもてなしがすごく下手だ」と痛感した。式後、人に会うのが怖くなり、軽い引きこもりになったほどだ。それで、今後は自分の会を決して開かない、と決めた。緊張するし、気疲れもする。そして、御祝儀《ごしゅうぎ》をもらうのは恐縮だ。

父の葬式をしたあと、「自分の葬式はしなくていいな。戒名《かいみょう》もいらない」とさらに思いを強くした。弔問《ちょうもん》してくれた方から香典《こうでん》や花をもらうと、気を遣ってしまう。

友人や知人の結婚式やお葬式には行きたい。呼んでもらいたいし、御祝儀や香典を出したいし、それを「気を遣う」なんて相手に思われたら悲しい。それなのに自分では呼びたくない、というのは人間として駄目だろう。わかるのだが、それでもどうしても嫌になってしまった。「葬式をした方が周囲へ一度に連絡ができるので、身内は楽だ」という話や、「葬式は死んだ本人ではなく、周りの人の気持ちに区切りを付けるために行うのだ」という話も聞く。だが、家族の手を余計に煩《わずら》わせるとしても、周囲の人の気持ちがしっくりいかなくなるとしても、私は自分の葬式をやりたくない。

それを夫に伝えると、

「じゃあ、僕もしない」

と言うので、私たちは葬式をしないと思う。墓は作る。私は、「あきらめる」という墓碑銘《ぼひめい》にし、夫は「生きた」と彫ることにした。

葬式は、主人公感があるところも嫌だ。写真が苦手なのに、遺影を飾らなければならず、それについてあれこれ言われそうなのもつらい。死に顔や骨を見られるのも恥ずかしい。

死去の報告もしなくていい。仕事が途中になって迷惑をかけたり、約束を守れなくなったりする相手には伝えなければ失礼だが、そうではない人にわざわざ「死んだ」と言わなくていい。

結婚の報告も、結婚式の他ではしなかったが、特に問題は起きなかった。妊娠についても、仕事で迷惑をかけたりお誘いを断ったりするときに事情を伝えるのみで、「ただ伝える」というのはしていないのだが、それで大丈夫に思える。今後、人生で何が起きても、とくに報告はしない。

では、なぜエッセイには細々書くのか。私にとって文章とはそういうものだからだ。

読者に対しても、報告はしない。私のプライベートに興味のある方はいないだろう。だが、セキララなエッセイは書き続ける。文章なら面白いのでは、と思うからだ。普段は喋らないからこそ、面白くなるということがありそうなので、やはり生活の中では黙り続けたい。

誕生日を決める

一度目の検診のとき、計画分娩《ぶんべん》をすることになり、

「次の検診か、次の次の検診のときに、三十八週から予定日までの間で分娩日を決めて、予約してください」

と先生から言われた。

出産予定日というのがある。それは四十週目のことだ。会話の中で、妊婦に対し、「予定日はいつ?」という質問がよく出される。「どの赤ちゃんも四十週目に向かって大きくなっている」というイメージがあるのだ。自然分娩の場合、その前後二週間あたりに陣痛が起こり、生まれてくる。

赤ちゃんは三十七週に正期産と言われる時期に入る。その時期になると、いつ生まれてもおかしくないようだ。もっと早くなってしまう出産もある。すべての子が健康に生まれるわけではない。でも、もしも未熟児として生まれても、医療の力を借りて

元気に育つ赤ちゃんはたくさんいる。

いろいろな理由で、計画して分娩日を決めることもある。その場合は、予定日よりも早い日にちに設定をする。

だが、私は二回目の検診のときに予約を言い出せなかった。

三回目の検診で分娩日を予約したときは、すでに他の方の予約で埋まっていて、三十七週での出産になることになった。

三十七週では小さいのではないか。私が運命を変えてしまったのではないか。誕生日がこれでいいのか。夫の休みと合わなくなった。家に帰ってきてから、つらつらと考えていると、涙が出てきた。

なぜ言えなかったのか。

先生がかなり早口で少し怖い、ということもあった。でも、頑張って言えば良かった。

「言いたいことや聞きたいことをその場できちんと口に出す」ということが、私にはなかなかできない。文章では書けるのだが、言えない。人見知りなのは直さなければならない性質なのだが、難しい。

だが、三日ほど経つと平気になってきた。

考えてみれば、子どもはこの先ずっと、お医者さんや他の様々な方のお世話になって育っていく。誰かの都合や自然の要素によって、様々な事柄が決まっていく。それを私がいちいちコントロールしようとしたり、勝手に「良い悪い」をジャッジして一喜一憂したりするのはおかしなことだ。私が他の親よりも先に良い日を手に入れることを子どもが喜ぶだろうか。順番があとになろうが、愛情があればなんの問題もないのではないか。

不安なことは先生に相談するにしても、決まっていくことを粛々《しゅくしゅく》と受け止めていこう、と考え始めたのだった。

人間は誰でもひとり

どきどきしながら、出産の際にどうしたいか尋ねると、

「良かったら、立ち会いたい」

と夫が言ってくれたので、嬉しくなった。

だが、そんなに上手くいくだろうか。もしかしたら仕事の休みが取れないかもしれない。タイミング悪く来られないことだってあるだろう。

出産時に夫にいて欲しい、と願う理由は、赤ちゃんの障害や病気を、私がひとりで受け止められるか、と不安だからだ（流産後、私は「健康に生まれて欲しい」と願うのを止めた。健康でなくとも良い、ただ生まれてくれればいい、と考えるようにしている。だが、実際には動揺してしまうかもしれない）。親として決めなければならないことが出てくるかもしれない。そのときに、私ひとりで判断できるだろうか。

それから、退院後に夫はどの程度の家事や育児ができるのだろうか。どうやら、産後の身体は一ヵ月ほど本調子でなく、それに授乳だけでかなりの時間を消費するらし

い。授乳以外のことは何もできない生活が予想されるようだ。

夫は優しいので、頼めば本人にできる最大限の努力をしてくれるだろう。だが、その「本人の最大限」がどの程度なのかこちらからは未知数だ。それでも、私が責任を持って、夫と一緒に育児をしなければならないのではないか。

つらつら考えていくと、自分の心が見えてきた。要するに、つい私は、夫と共同で責任や決定権を持ちたいと思ってしまっていたようだ。

確かに、今回は、二人で親になる。

しかし、人間というのは本来ひとりきりで生きるものだ。たとえ親になっても、誰かと渾然《こんぜん》一体となって、ひとつの親という存在になることはできない。

親になっても、私はひとりだ。その覚悟を持つ必要がある。もちろん、夫もひとりで親になるのだ。

タッグを組んだり、協力し合ったりはできる。でも、夫と溶け合うことはできない。たとえ夫が出産時にいない状況になったとしても、ひとりで自分のやれる「親の仕事」をするしかない。夫は夫で、夫のやれることをするだろう。

「夫がいようといまいと、私はひとりだ」

そう思うと、視界がぱあっと開けてきた。

これまでと同じだ。親になってもひとりで生きる。人間関係を作るときは誰とでも一対一で向かい合ってきたように、子どもとも一対一で向かい合う。「ひとりだ」と思うと、どんどん力が湧いてくる。

行ってらっしゃいの手紙

夫が家を出るときに私はまだ寝ていることが多い。だから、ダイニングテーブルに紙が一枚置いてある。

「行ってらっしゃい」と、あとは、何かひと言。それからイラスト。夜に私が用意したものだ。

朝になると夫はコーヒーを飲みながらそれを読み、空きスペースに、「行ってきます」と、何かひと言、そして、イラストも添える。

私はあとから起きて、その返事を読む。

こういった手紙の遣り取りを家族間でしている人は多いだろう。

あるとき夫が、

「これを美篶堂《みすずどう》のノートに貼っていく」

と言った。美篶堂のノートは特別だ。書籍のように製本されていて、色とりどりの本文紙によって小口《こぐち》のところが虹色になっている。

夫は毎日、帰宅後にノートへ手紙を貼りつけるようになった。

そこで私は、手紙に、前日のできごとや、今日の日付けも書き込むことにした。あとに残すのなら、何かしらを記録していきたい。

そして、私としては、いつか山崎ナオコーラ記念館ができたとき、あるいはどこかの文学館で山崎ナオコーラ展を開いてもらえることになったとき、これを展示したいとたくらんでいる。

これまで様々な作家の記念館や文学館での展示を見てきた。ちょっとした走り書きの紙切れを、さも大事なもののように飾っていた。

今後、私も文豪と呼ばれるような作家にならないとも限らない。くだらない落書きでも「読みたい」と思う人たちが現れるかもしれない。

それを見越して残しているものは、手紙だけではない。私は押し入れに、「ナオコーラ記念館」と油性ペンで書き込んだ箱を隠している。中には、「いつか記念館ができたときに展示したい」と思っているノートや冊子を仕舞っている。

夫への手紙や日記なども、いつか価値が出るかもしれない。

実際にはゴミになる可能性の高いそれらのものを、私は大事にしている。

武田百合子の『富士日記』だって、最初は家族間での交換日記に過ぎなかった。いつどこで文学作品が生まれるかわからないのではないか。

他の本屋さんからも好かれたい

夫が平社員として働いているのは地元密着型の個人店だ。その本屋さんのことが好きだ。そもそも私は夫のことを、仕事への尊敬から好きになった。だから当然だ。

でも、私が好きな本屋さんは、その本屋さんだけではない。

私が作家になったのは、子どもの頃に、「書店の棚に、私が書いた本を置きたい」という夢を抱いたからだ。それからずっと、客として様々な本屋さんにお邪魔してきた。

作家としてデビューした後は、本が出る度に嬉しくなって、あちらこちらへ自分の本を置いてくれている棚を眺めにいった。格好いい並べ方をしてくれていたり、POPを書いてくれていたり、たくさんの書店員さんの素晴らしい仕事を感じた。

新刊を出すと、「書店まわり」という販促活動がある。出版社の営業さんと一緒に、「本を出しましたので、どうぞよろしくお願いします」と挨拶まわりをする。すると、書店員さんと直接に話せる。素敵な書店員さんがたくさんいた。

それで今、何が不安かというと、「どうせ、旦那さんが勤めている書店のことが一番好きなんでしょ?」と他の本屋さんから思われないだろうか、ということだ。私は、夫が働く本屋さんが好きだが、一番という風には思っていない。他の本屋さんも好きだ。そして、他の本屋さんからも作家として応援されたい。

夫にも、同じような気持ちがあるのではないかな、と想像してきた。他の作家から、「どうせナオコーラを一番応援したいんでしょ?」と思われてしまったら嫌だろう。夫は、他の作家の方々の著作もすごく応援しているのだ。でも、先日、「こないだうちの書店に遊びにいらした作家さんが、『旦那さんが書店員だと、こんな風に本を並べてもらえていいなあ』と言っていたよ」

からりと、まるで良いことを伝えるかのような口調で夫がそう言ったので、もしかしたら夫は何も思っていないのかもしれない。

私はショックだった。

それでは妻だからと贔屓《ひいき》してもらっているみたいではないか。私としては、単に作品を良いと思って並べてくれているのだと捉えていた。

やはり、夫婦ということに関係なくフラットに仕事をするのは難しいのだろうか。

独身も良かった

本屋さんへ行ったときに、ひとり暮らしのインテリアが紹介されているムックを見たり、夫を亡くしたおばあさんがひとり分の食事を作るエッセイをぱらぱら読んだりして、ぼんやりとひとり暮らしを夢想する。

独身時代の生活も楽しかったなあ、と思い出す。

今は、結婚をしてすごく良かったと思っているが、結婚をしていなかったとしても、それはそれで幸せだったと思う。

だから、独身の方に、「結婚っていいよ」と勧めるようなことはしたくない。

自分が独身だったとき、先に結婚をした人のことを「人生の先輩」だなんて決して捉えていなかった。

「結婚したいな」と私は願っていた。でも、自分が結婚の前段階にいる未熟な人間だとは感じられなかった。結婚や出産でステップアップするという発想がなかったし、独身でもきちんと年齢を重ねている自負があった。毎日、生活したり、仕事をしたりして、若い頃とは違う自分になってきている、と。

夫はどう思っているのだろうか。尋ねると、

「結婚して良かった。結婚していなかったら自分は今頃どうなっていたか……」

にこにこして言ってくる。でも、それはただのお世辞だと私は感じる。

夫がひとり暮らしをしていたとき、アパートへ何度か遊びにいったことがある。六畳の小さな部屋が、小宇宙のようになっていた。コックピットみたいに、夫に必要な物が布団のまわりにぐるりと収まっている。夫は友人たちを家に呼んでわいわいやるのが好きだったようで、台所にはとても大きな寸胴《ずんどう》があったり、エスプレッソのカップが一ダースもあったりした。

お金がなくても、料理ができなくても、夫はひとり暮らしを楽しんでいた。

今後、予想もできない何かが起こって夫がまたひとり暮らしをすることになったとしても、友人たちに助けられながら、ちゃんと生活していくのではないか。

結婚や出産は双六《すごろく》のマス目ではない。進んだ、だの、戻った、だのと捉えたくない。どのような状況でも幸せになれるし、どのような生活を送っても成長できる。

人生を作っていくという風には気負わずに、ただ生きていきたいな、と思う。

男の人に寄り添いたい

「男は駄目だ」

という科白が、面白可笑しく、気易く放たれる場面に出くわすことがある。そんなことを言っていいのかなあ、と首を傾げる。

世の中には、「女性は弱者」というイメージがあるせいか、女性が発する男性に対する愚痴や悪口が許容されてしまう雰囲気が漂っているようだ。

でも、「女は駄目だ」という科白を簡単に言ってはいけないのと同じように、「男は駄目だ」といった類いの科白も慎《つつし》んだ方が良い、と私は思う。

夫について諧謔を交えて書いてきたが、男だからという理由で軽く扱ったつもりは毛頭ない。でも、上手く書けただろうか。

『かわいい夫』を、「男になりたい」「夫役をやりたい」と思っている妻の話と読まれてしまったら残念だ。あるいは、「男は駄目だ」「男はばかだ」と男性批判が書いてあると思われたら悲しい。

せめてこれだけでも伝わったら嬉しいのだが、私は男になりたいとは願っていない。そして、男の人をばかにしてもいない。

私の世代は平等教育を受けて育ってきており、学校の中で男よりも女が下だと扱われることはほとんどなかった。ただ、平等というのは建前《たてまえ》で、実際は前の世代の反動があり、女の子が優遇されてしまいがちだったように思う。

また、作家になってからは、正直なところ、「女性作家」の方が仕事をし易いと感じてきた（私は優遇されても仕事がし易くても、「女の子」「女性作家」とくくられるのが苦手なのだが、それは単に区別がつらいだけだ。下に見られていると勘違いしているわけでは決してない）。

女は損だ、と思ったことがない。それよりも、男の人が生きにくい世の中になってしまっているのではないか、と気になる。

だから、自分としては、できるだけ男の人に寄り添うように、そして多様な男性を肯定するように、いわゆる「男らしさ」にこだわらないように、仕事をしていきたい、と思っている。

夫に対しても、世間で言うところの「男らしさ」を求めず、「本人の個性」を大事にしていきたい。

指輪は布

私と夫の結婚指輪は、布でできている。

理由は、自分たちの経済力のなさによる。ひとつ千円の指輪だ。

私はこれをとても気に入っている。指輪には、布製の小さな封筒が付いていて（手紙というデザインなのだ）、そこに小さな手紙が入っている。夫の字で「結婚してください」と書いてある。当然、私にとっては素晴らしい指輪だ。

でも、どうだろう？　カルティエやハリー・ウィンストンの指輪の方が素敵なのは確かだ。

「私にとっては、素敵なデザインのブランドものの指輪よりも、輝いて見えます」

というのが、私の気持ちではあるのだが、かといって、カルティエやハリー・ウィンストンの指輪を実際に持っている人に対して、こんなことは言えない。

負け犬の遠吠えみたいだし……。

それに、大げさに捉えれば、価値をひっくり返して革命を起こそうとしているような感じもする。

だから、いつの時代でも、そのときの価値観に馴染むことができている層は、その価値観に馴染めずに苦しんでいる層を恐れるのだろう。ふいに足をすくわれて、逆転されてしまうかもしれない、と。自分たちの立場がなくなってしまうかもしれない、と。


女性らしく生きることに馴染めている人は、どうしても、

「もっと、努力しようよ」

と、私のようにぶすだったり、モテ系でない人に言ってしまうことがあるのではないか。女性らしさの価値が変わらないことを求めているからだと思う。

「いや、私は女性らしさを磨く努力をしない。他に努力すべきことがあるから」

と私は答えてしまう。しかし、こういった科白は危険思想じみる。

仕事をしていると、社会のことを考えるときに、自分が夫のみと繋がっているような感じがしない。もっと多くの人たちと手を繋ぎ、助け合っているように感じられる。

お金は大事だが、もしも自分の手に札束があるのを見たとして、本当に安心できるだろうか。自分と夫のみが多大なお金を持っているのは、逆に不安になるような気が

する。

むしろ、お金が社会の中で動き回っているのを見ながら、自分もその社会に参加できていると実感することの方が、安心に繋がる。

私は社会を信じている。

せっかく成熟した社会に生きているのだから、何百年か前のように家族しか信用できなかったり、親戚同士でしか助け合えなかったりするのではなく、もっと社会の仕組みを信用して良いのではないか。

今の時代では、決して「力を持った人と家族になりたい」なんて思うことなく、純粋に一緒に暮らしたい人と暮らし、助け合いは社会とすれば良いのではないか。

お金があれば、その都度、パートナーを作ることはできる。仕事のパートナー、家を建てるときのパートナー、老後の計画を立てるパートナー……。

それができないのなら、なんのためにお金というものがあるのか、という感じがする。家族間でしか助け合えないのなら、お金を流通させる必要なんてないではないか。

昔は結婚相手としかタッグを組めなかった。夫婦で仕事をし、二人で家を建て、老後はお互いを支え合うか、子どもに支えてもらう、それが五十年くらい前の日本だっただろう。でも、これからは違う。

私たちは今、年金を払って上の世代を支えている。べつに、自分たちの老後にそれが返ってこなくて一向に構わない。現在、この社会で生きているのだから、上の世代は働き盛りの私たちが支える、というだけの話だ。

現代の日本には、ケチな感覚が蔓延しているように感じる。義援金の使い方を細かく判断しようとしたり、生活保護のルールを厳しくしろと言ったり、家族同士でもっと助け合えと言ったり、冒険に出た人を助けるためにお金を使うなと言ったり、みんなケチケチしすぎている。困っている人がいたら、助けるのが当たり前で、お金を渡したら、そのあとはもう相手のものだ。多様な生き方を肯定することなく、自分と同じような生き方をしている「自分よりかわいそうな人」のみにお金を遣ってもいいと考えているのなら、それはケチだ。

確かに、現状の仕組みは、永遠に続いていくような素晴らしいものではないかもしれない。それでも、私は社会を信用している。老後も、どうにかなると思っている。

そのために今、私もより良い社会を作る一助になる仕事をしていきたい。

あとがき

妊娠中にモーツァルトを聴くと胎教に良いという話を読んだことがある。たぶん、眉唾《まゆつば》だろう。私は信じない。私は今、サティの「ひからびた胎児」という名前の曲を聴きながらこれを書いている。サティは素晴らしいタイトルセンスを持っているな。

去年の冬、流産の手術を受けた日の夕方（繋留《けいりゅう》流産というもので、理由もなく自然と胎内で心拍が停止してしまったから、手術が必要だった）、吉祥寺のお気に入りの蕎麦屋さんで鍋焼きうどんを食べて心と体を癒やしたのだが、今年の夏、新たに妊娠がわかったあとのランチも同じ店へ行って汗をかきながら鍋焼きうどんを食べた。

秋になり、戌《いぬ》の日の安産祈願は、流産した子の祈禱《きとう》をした同じ神社へ出かけた。

私はこれからも、妊娠をハッピーと捉えることなく、そして流産を悪かったことだなんて思わずに、フラットに見て、粛々と過ごしていこうと思う。

夫は相変わらずだ。

先日、夫が、

「この映画、蓮實重彦《はすみしげひこ》が褒めていたんだって。だから、観よう」と映画館へ誘おうとしてきた。蓮實が書いたレビューを読んだのかと尋ねると、実際のレビューを読んだのではなく、友人がフェイスブックに「蓮實が褒めていた」と投稿していたのを目にして観ようと思ったらしい。蓮實の文章力によって観たくなったのではなく、「褒めていた」という情報のみで心が揺さぶられたということは、単に蓮實の名前に影響を受けているだけで、実にばかだ。蓮實だってがっかりだろう。だが、こういう風にぼんやりと世界を捉えている夫だからこそ、私に何を書かれても平気でいられ、なんでも私の自由にさせてくれているのだろうとも思える。ありがたいことだ。

夫は他人からわけのわからないことを言われても平気なところがある。夫が好んで読んでいる作家たちや夫が好感を持ってつき合っている友人たちは、面倒くさい男ばっかりだ。「よくそんな面倒な人たちを好きになれるね。さっぱりしていて明るい、考えが明瞭な人の方が一緒にいて楽しいのに」と私は常々呆れていたのだが、よく考えてみると、私も面倒な性質だった。だから夫は私を良い風に思ったのかもしれない。

夫だけでなく、父や母も私の仕事に寛容になってくれてありがたかった（地味な会社員だったはずの娘が、『人のセックスを笑うな』という変な題名の小説を書き、ナオコーラというとち狂ったペンネームで作家になったときは驚き、恥ずかしくて世間から隠れたくなったはずだ。どこかしらのタイミングで慣れてくれたのだろうと思うのだが)。

ただ、本のことで感謝すべきは家族よりも他にいる。この『かわいい夫』は様々なプロフェッショナルたちによる緻密な仕事によって生まれた。

まず、連載を掲載してくださった西日本新聞の記者の方々。夫のことなんて書いて興味を持ってもらえるか心配でしたが、背中を押していただけてとてもありがたかったです。父の入院に関するご配慮にも深く感謝いたします。

そして、連載時にイラストを添えてくださったちえちひろさん姉妹。東京で絵や焼き物(ちえちひろさんはかわいらしいお皿などを作っています)の展示があるときは見にいきます。

書籍化にあたり、夏葉社の島田さんには大変お世話になりました。ひとりで格好いい出版社を立ち上げた、本への愛情の深い方です。ありがとうございました。

みつはしちかこさんも、本当にありがとうございます。装画を見たときは手が震えるくらい感激しました。

お目にかかれていないのですが、校閲さん、デザイナーさん、印刷所の方、取次さん、書店員のみなさまにも、深く感謝いたします。

それから、誰よりも、読んでくださったあなたのおかげで書けました。あなたが大好きです。

二〇一五年十一月三日

エリック・サティの「ひからびた胎児」と「スポーツと気晴らし」を聴きながら

山崎ナオコーラ

初出
Ⅰ
「西日本新聞」（二〇一四年三月十八日〜五月二十八日）
「かわいい夫」「二人乗り」は書き下ろし
Ⅱ
書き下ろし
「指輪は布」……「本」（講談社・二〇一五年六月号）

山崎ナオコーラ

一九七八年、福岡県生まれ。埼玉県育ち、東京都在住。
二〇〇四年、会社員をしながら書いた『人のセックスを笑うな』が
第四十一回文藝賞を受賞し、作家としてデビュー。
著書に、『指先からソーダ』『論理と感性は相反しない』『昼田とハッコウ』
『ネンレイズム／開かれた食器棚』などがある。
「カテゴライズせずに人間を見ることはできないのか」を日々考えている。
目標は、「誰にでもわかる言葉で、誰にも書けない文章を書きたい」。

かわいい夫

二〇一五年一二月二五日　第一刷発行
二〇一八年　一　月　一五日　第四刷発行

著　者　山崎ナオコーラ
発行者　島田潤一郎
発行所　株式会社　夏葉社
〒一八〇-〇〇〇一
東京都武蔵野市吉祥寺北町
一-五-一〇-一〇六
電話　〇四二二-二〇-〇四八〇
http://natsuhasha.com/
印刷・製本　中央精版印刷株式会社

定価　本体一七〇〇円+税

ISBN 978-4-904816-18-9 C0095 Printed in japan